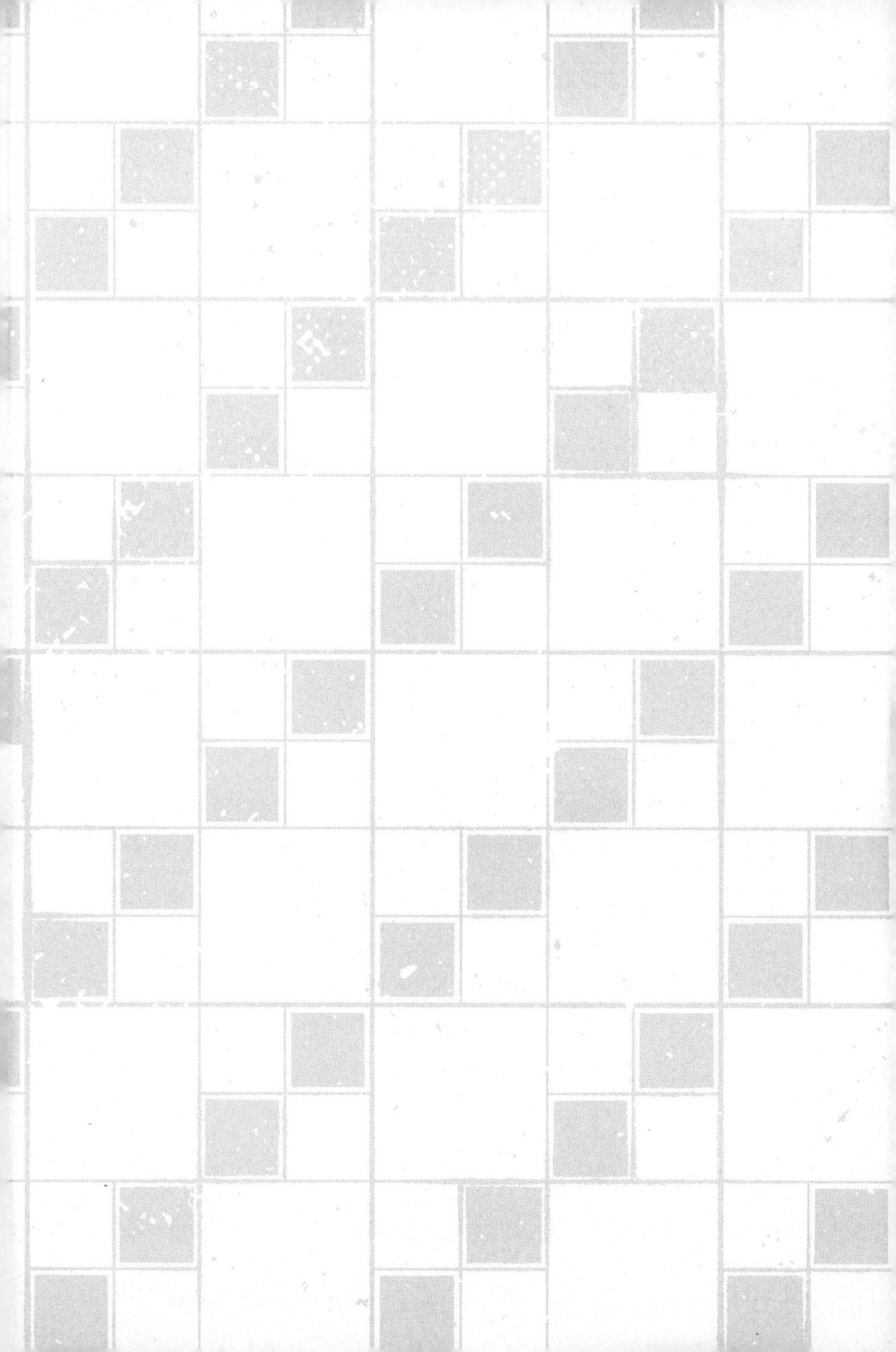

TOMINO THE DAMNED

by
SUEHIRO MARUO

托米諾的地獄

2

丸尾末廣

托米諾的地獄

承前

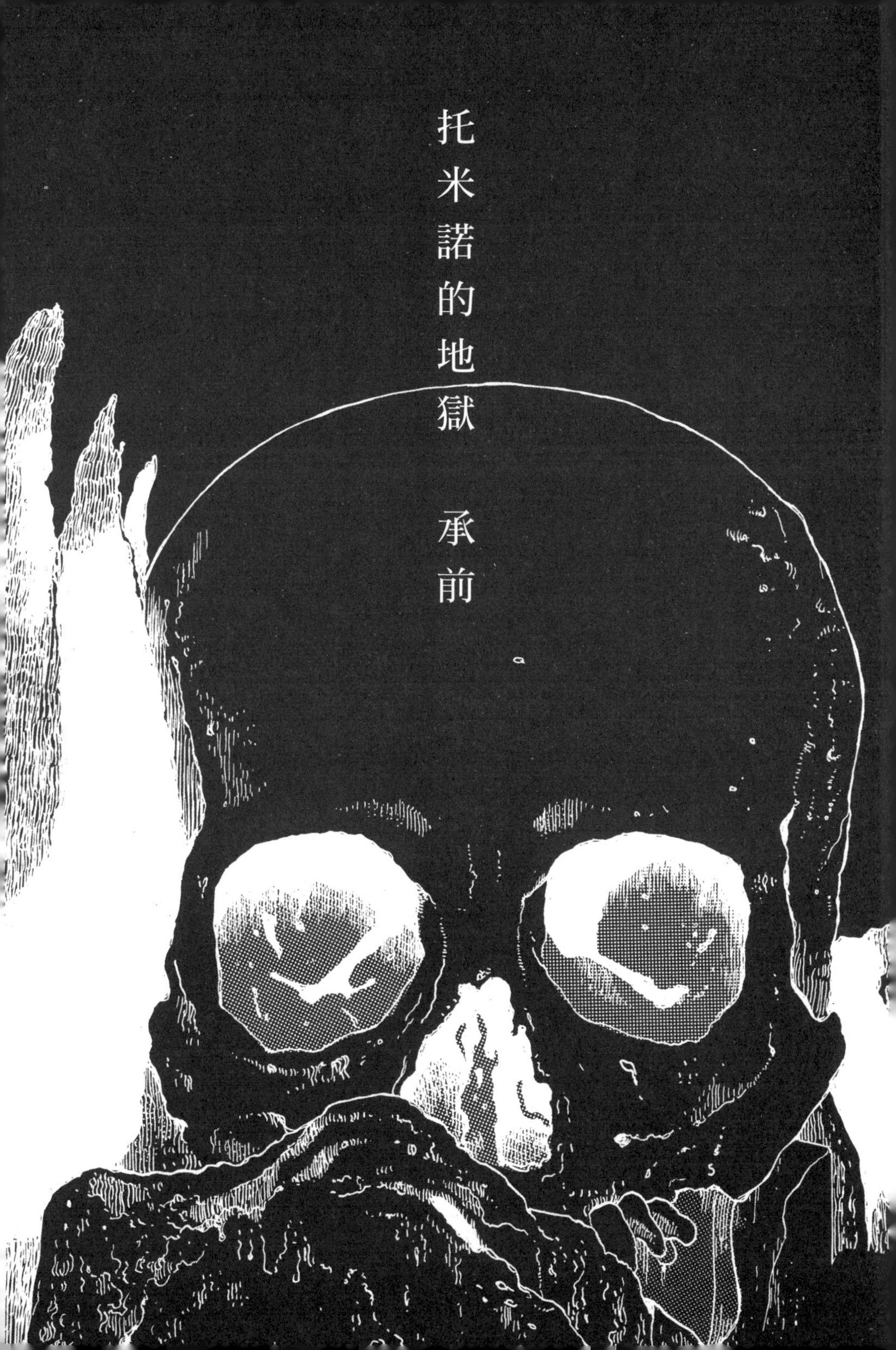

赫伯特・汪
拉茲洛・萊文斯坦
薩爾瓦多・藤山
雙頭將軍（名古屋三郎）
小不點健
小不點政
歌川唄子（松田昌江）
金姊

〔人物介紹〕

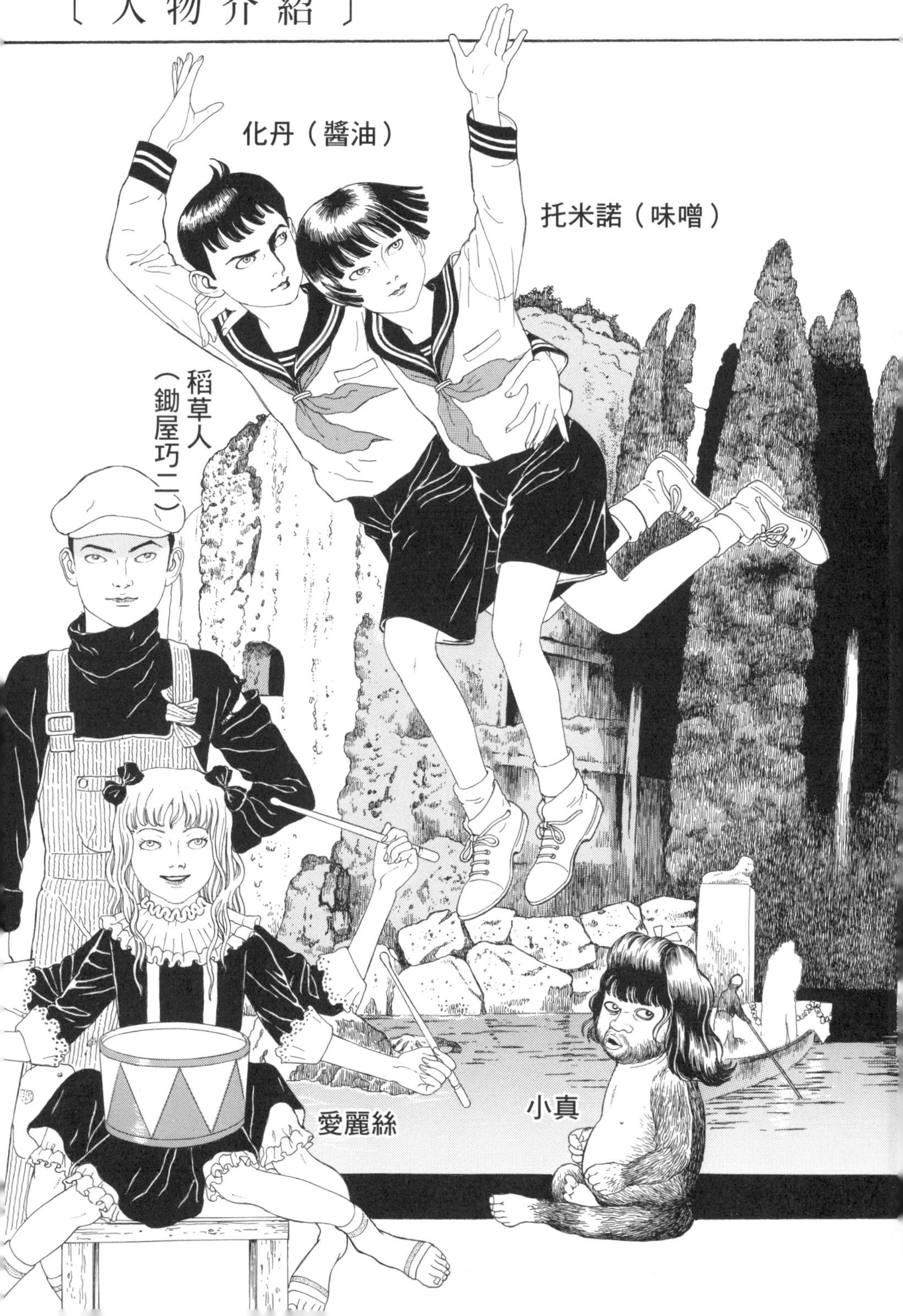

化丹（醬油）
托米諾（味噌）
稻草人（鋤屋巧二）
愛麗絲
小真

前情提要

這對雙胞胎姊弟，被親生母親遺棄似地託付給鄉下親戚。他們被命名為味噌和醬油，成長過程中受到慘烈的虐待，最後被賣到淺草的見世物小屋去。

拋棄雙胞胎的母親，是在銀幕上活躍的「幽靈」女演員・歌川唄子，父親是見世物小屋的團長，怪物般的汪。不過兩人當然無從得知這個事實。

他們對繁華京城的歡樂街感到不知所措，但也被同團的成員們命名為托米諾和化丹。四面八方都是同在人生道路上不斷遭到欺凌的夥伴，以及他們的體貼舉止。兩人終於過起貧窮但溫暖的日子，這還是有生以來第一次。

不過，在汪的突發奇想之下，姊姊托米諾成為新興宗教教祖、前章魚女・愛麗絲的隨從，化丹則在被迫練習雜技時燒傷了。

可憐的雙胞胎遭到拆散，彷彿被撕裂來。他們各自艱苦的地獄巡禮，會通往何方……？

托米諾的地獄 2

目次

第四章　南無聖馬里軍荼利夜守護聖天

ドン
ドーン
（咚咚）
ドン
ドドン
（咚咚）
南無聖馬里

※ 譯註：此為歌舞伎《天竺徳兵衛韓噺》中德兵衛唸出的咒文，南無、守護聖天來自佛教，聖馬里為「聖瑪利亞」訛變，軍荼利夜叉是密教之神，哈拉伊索是西班牙文的「天國」。

どろん
（咚隆）
どろん
阿德，在此受死吧!!
ゴオオ
（轟）

呀啊啊啊～
卡!!
喀答
煙霧燒過頭啦，
看不見唄子小姐了。

好，辛苦啦！
沒想到會在這場面殺死毒婦阿德，
真是大膽的改編呢。
因為是電影啊，
跟歌舞伎不同。
（鏗鏗）
那麼，說到這個歌川唄子，
她真的打定主意要息影了嗎？

這幾年
她獨占
鎂光燈焦點
呢。
她自己
也感覺到
其他人
厭煩了吧。
カチン
話說，
她單身
對吧？
難道是要
結婚了？
（叮鈴）

哈哈哈哈哈哈
哈
卡！
為什麼要哭啊！
這場不是哭戲吧？
對⋯對不起⋯⋯

パチパチパチパチ
（啪啪啪啪）
パチパチ
（啪啪）

人的目光不可怕，
神的才可怕！
呼啊……
じろっ
（瞪）

哈哈哈哈哈哈哈
愛麗絲贏囉。
?
哈哈哈哈
呀啊!
那孩子來這裡後，公主大人的心情變好了。

要給我嗎？
妳不穿了是吧。
謝謝妳！
ガチャ
（喀恰）
洗澡時間到了。
扮家家酒結束囉。
ドンドンドン
（咚咚咚咚）
哇啊ら
男性の意氣
本日
大入
珍鳥

＊男性的氣魄

※指矮個子女子搖屁股走路的模樣。

※阿漢：露宿公園者。
※拉女：專做遊民生意的娼妓。

ドーン
ドーン
（咚咚咚）
ドン
ドン
（咚咚）
ドン
（咚）
你們看。
他靠那不成氣候的花招在討生活呢。
ドン
（咚）
化丹……
哇
哇
哇
哇
政
健
THE FRUIT OF THE ORIGINAL SIN
熊童子

哇
哇
哇
哇
哇
哇
哇
哇
哇啊啊啊啊
嗯!?
唰
小真!!
唔…尿褲子了!!
哇啊啊啊啊!!
金姊呢!?

臭金姊，竟然丟下小真出門。
化丹……

我非得去探望化丹才行。

汪
把化丹送到哪裡的醫院去了呢？
（轟——）
（答答答）
（嘩啦）

ザザザザザ
（沙沙）
嘎

嘎
嘎
嘎
嘎
嘎
嘎
嘎

來了
來了！
嘎
是汪的箱櫃兒。
嘻嘻嘻……
嘎嘎
嘎嘎
所謂「箱櫃兒」，是支那的人工畸形兒。
將小孩放進箱子內，使他停止成長，創造出畸形，作為珍奇物展示。

坊やのお寝言
ダットサン
DATSUN
自動車販賣株式會社
女子面痣吉凶之圖
街のルンペン
栗島すみ子主演
新興キネマ
蝴蝶
怪物團
帝都座
神田日活館
麻布日活館
富士館
如件
紅門藥商會

第五章　逃亡

ザザザ
ザザ
ザザ
（沙沙）
外面在拍電影喔，我們去看吧。
電影…
托米諾妹妹！

預備…
開始!!
呀啊
(咚咚 咚)
哇—啊
呀啊~
(咚)
卡!!
(咚)
啊!是歌川唄子喔。

怎麼啦？
啊……
我的耳朵裡，有海浪聲……
ザザザ
（沙——）

ザバ
（嘩啦）
（嘩啦）
（沙——）

（喀恰　喀恰）

（喀恰　喀恰）

ギギギイ
（嘰嘰——）
唔……
カチャ
（喀恰）

呼…
ガチャ
（喀恰）
カタカタ
（喀恰喀恰）
久等了。
要吃光光，不能剩喔。

小綾!!
我叫妳不准開著門辦事，
別讓我一說再說啊。
對方是小孩，
不用擔心被他硬上。
哼！
(砰)
(轟——)
對男人產生興趣啦。

ザザザザ
（沙──）
那小鬼還在發育階段。
讓他穿上那件鎧甲，
他就會有一隻手、一隻腳停止成長！

頭形也會扭曲！
不知會造出什麼樣的箱櫃兒呢——
（轟——）
我真期待。
呵嘻嘻嘻嘻嘻嘻嘻嘻嘻

ドズッ
(砰)
ドズッ
(砰)
呼
咿
呼
咿
ドス
ドス
(砰 砰)

汪他…
汪他是認真想搞宗教嗎？
哼。
對汪而言，宗教和演出是一樣的啊。

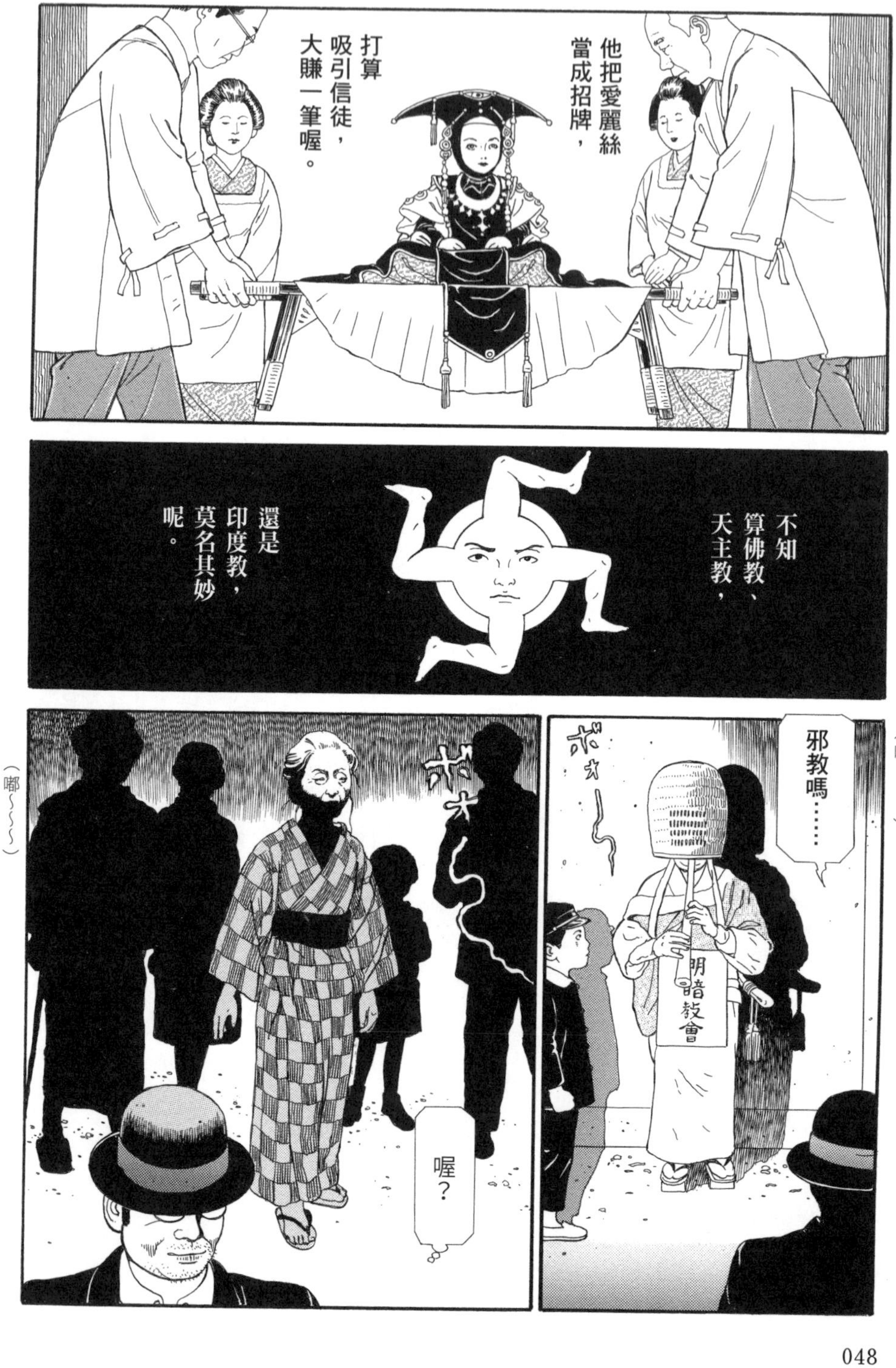
他把愛麗絲當成招牌，
打算吸引信徒，大賺一筆喔。
不知算佛教、天主教，
還是印度教，莫名其妙呢。
（嘟～～～）
邪教嗎……
明暗教會
（嘟～～～）
喔？

妳是在女力士小屋……
叫賣女兒的那個老婆婆……
妳賣掉女兒了嗎？
賣掉啦！
用超高價賣的。
不過那不是我女兒啊，
是橋下撿來的。
ドーン ドーン
（咚咚咚）
不知是哪個小屋買走的呢……
丟人現眼呀。
嘻嘻嘻嘻
ゴオ～～ ゴオ～～
（嗡～～ 嗡～～）
ワンタン
とんかつ
牛めし
寿司
蛇の丸

吃了那麼多苦頭，
才賺這麼一點啊……
名古屋先生是怎麼了啊……
抱歉抱歉！
バサ
（啪沙）
我去弄了一些菜呀！
ドサ
（咚沙）
太好了!!
我可不是出去玩啊。
馬上煮飯對吧。
……

名古屋先生，你有沒有化丹的消息？
化丹？
不知道啊。
汪什麼也沒說。

啊哈哈
哈哈哈哈哈哈哈哈哈哈
呀
バシャ
バシャ
（嘩啦 嘩啦）
公主大人她們正在入浴，
男性請止步。
啊！
啊哈哈哈
ガラ
（喀啦）

浴池不是玩耍的地方。
趕快出來！
張大人他……
咦！
（沙沙 沙沙）
周易占断所
（咚咚咚）

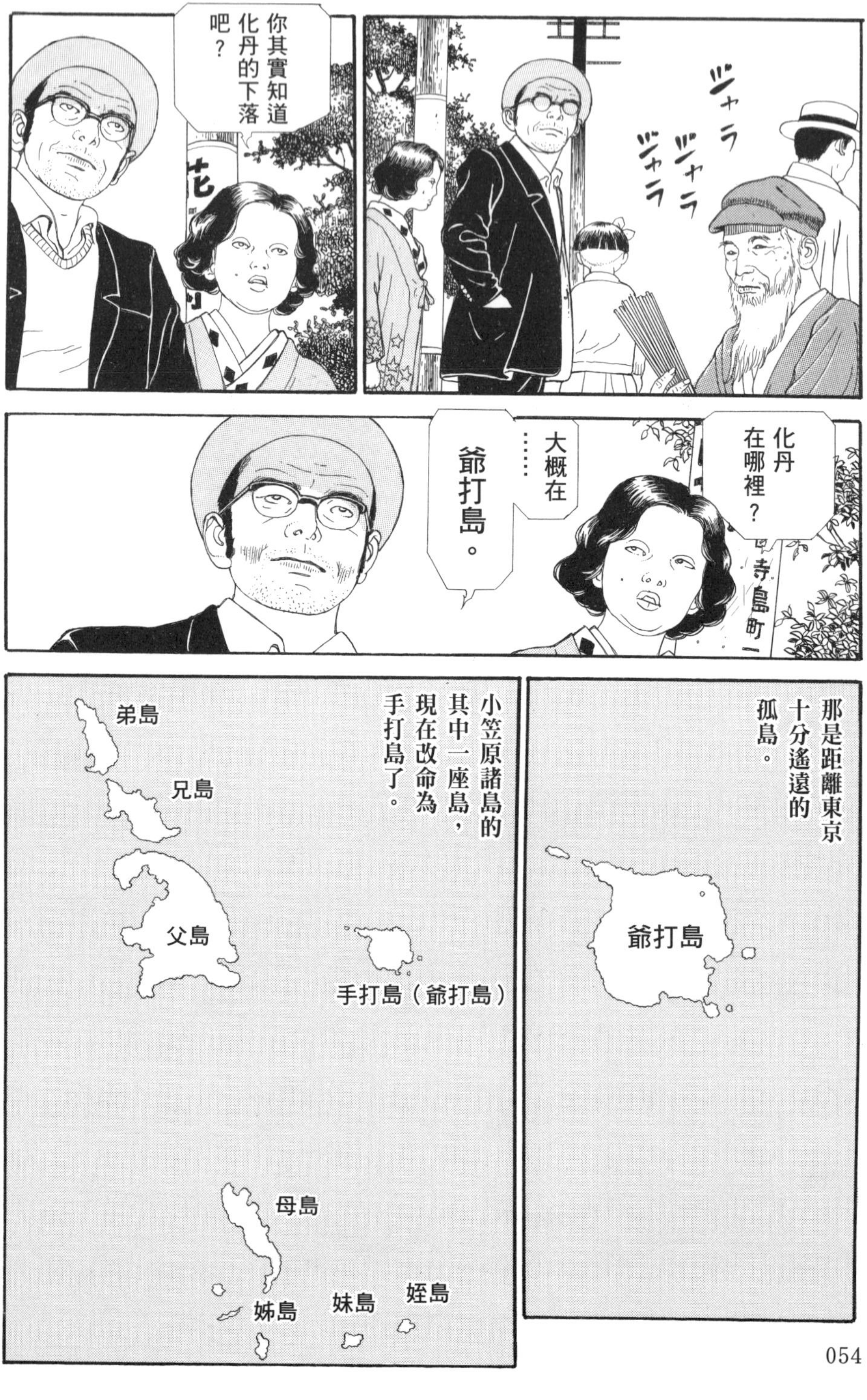
（沙沙　沙沙　沙沙）
ジャラ
ジャラ
ジャラ
你其實知道化丹的下落吧？
化丹在哪裡？
大概在……
爺打島。
那是距離東京十分遙遠的孤島。
爺打島
小笠原諸島的其中一座島，現在改命為手打島了。
弟島
兄島
父島
手打島（爺打島）
母島
姪島
妹島
姉島

我認為化丹不會再回來了。
大概會被賣到上海或歐洲吧。
WNGLY & CO
永利行
真可憐。
…但我們也幫不了什麼。
助産婦
宮田フミ
コノ先スグ右
汪遲早也會拋棄我們。
ヒュウゥ
哼哼!
在他拋棄我們之前——

(咻—)

汪汪汪
抱歉啦，大家。
再見了。

汪汪汪汪汪
臭狗…
啊……
コト
(叩)
托米諾…
托米諾…
化丹…
化丹…
化丹是不是不會回來了……?

化丹……

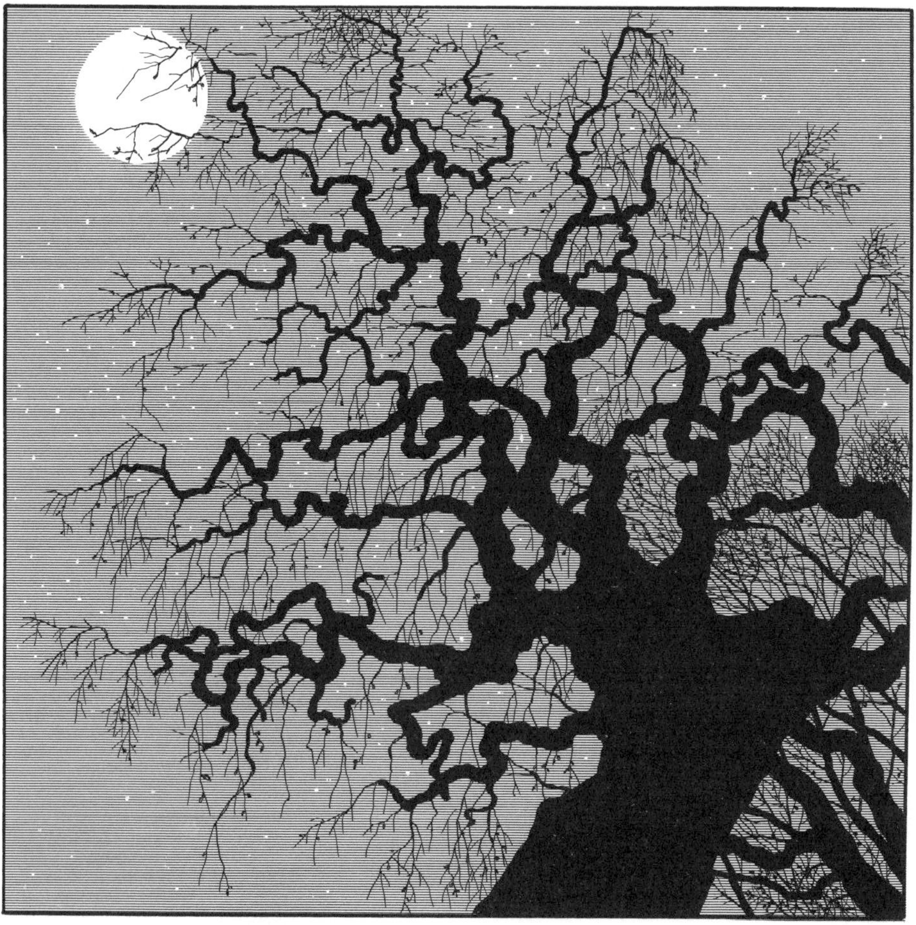

第六章 發條機關之神
國民
保健
十銭均一藥
何んの藥でもあり
蘆原将軍
笨蛋

煉炭
イナクサク
名古屋先生。
你認錯人了。

名古屋先生不見了！
金姐不見了！
(嘎沙嘎沙)
ガシャ
ガシャ
起床亂翹
稻草人！
咯－
呸
名古屋先生他們——
逃跑了嗎……
我之前就隱約覺得有鬼了。

他們兩個竟然一起逃跑！
汪不可能坐視不管的。
他們脫不了身的！
ゴッ
（砰）
DANCE HALL
臭雞巴頭！
ガタン
（喀答）
唔。
哈哈
哈哈哈哈

ガチャン
（喀）
咿！
ドカ
（匡鏘）
（啪答）
嘖
嘖
嘖
（砰）
カツン
（喀）

好特別的戒指呢。
汪大人，請用！

呵呵呵呵
ギギ
（嘰嘰）
我也要鴉片——
哎呀！張大人。
您原形畢露啦。
哈哈哈哈哈
張，你也過來吧。
不……
不用了！
パタパタ
（啪噠啪噠）
呵呵呵呵呵

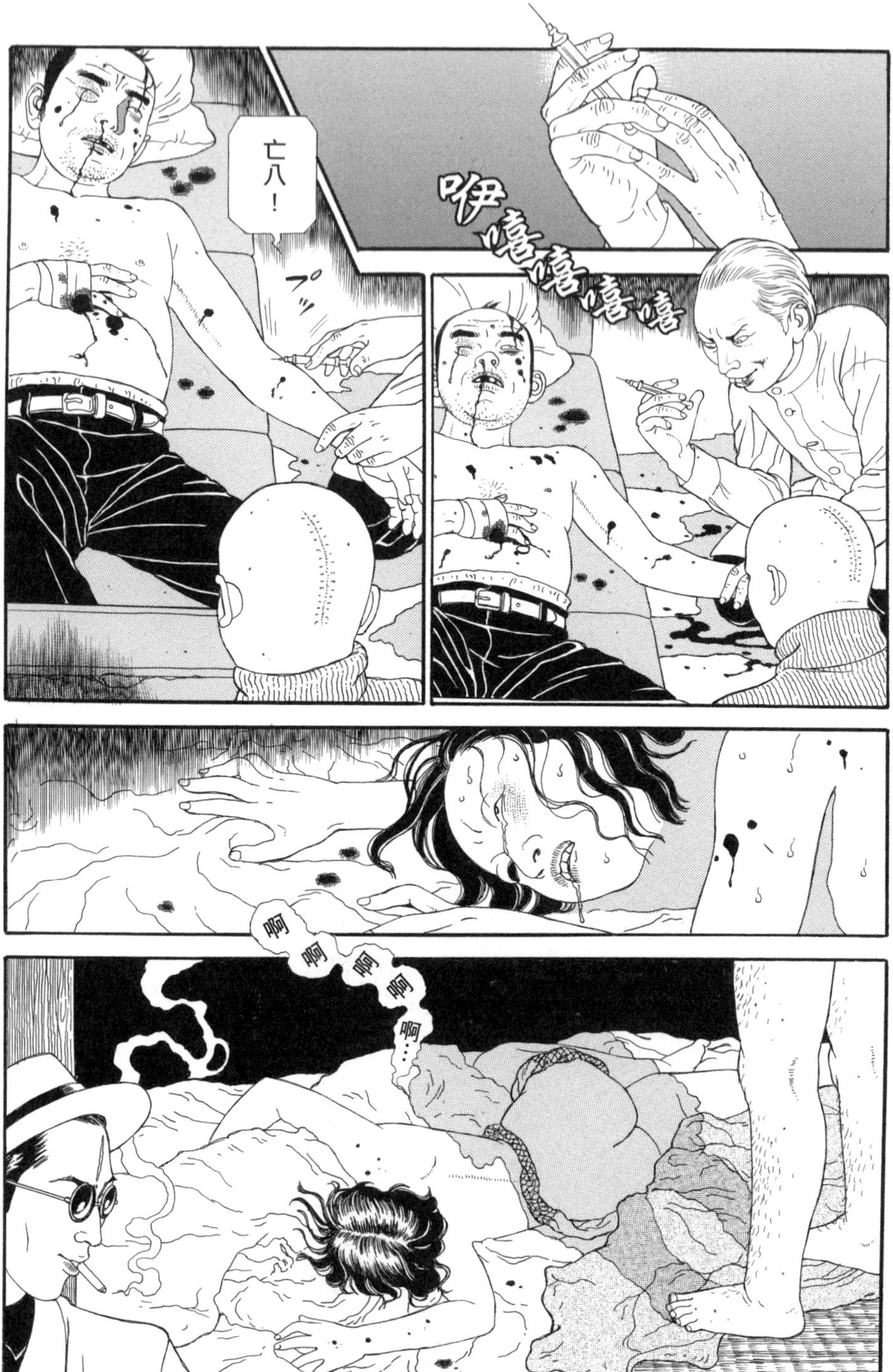
咿嘻嘻嘻嘻嘻
亡八！
プッ
啊啊啊啊啊……

上完了。
ガチャ
（喀恰）

剩下的倒掉吧。
(咚咚咚咚)
(咚咚咚)

（咚咚咚）
（咚）
（咚）
這是「天上金水」。
（喀哩 喀哩）
公主大人以靈力淨化的聖水。
（喀哩 喀哩 喀哩）
（喀哩）
天金……
天上金水！
嘖……
別在這種時候吃東西呀。

好像有股小便的味道……
良藥苦口啊!!
你們可是從眾多信徒中挑選出來的！
品嚐那榮譽吧！
咕
咕嚕

托米諾妹妹。
妳在看什麼？
……
呃……
有人說想要托米諾去當養女。
養女是什麼？
啊啊啊啊
ドド
（咚咚）
ドン
（咚）

啊啊！
地上的人類
盲目哉！
（咚咚）
（咚）
（咚咚）

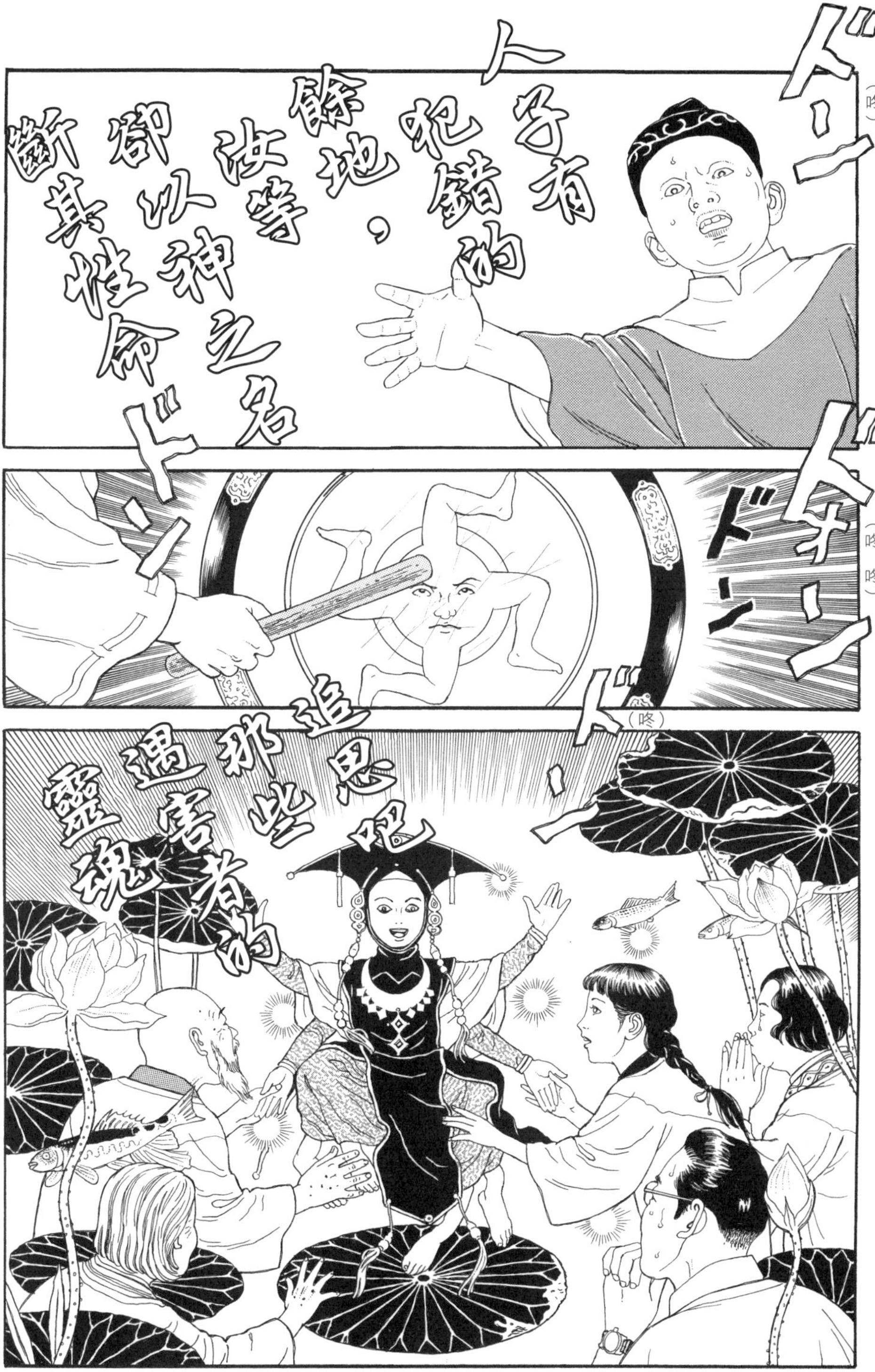
ドーン
（咚）
人子有犯錯的餘地，汝等卻以神之名斷其性命
ドン
ドォーン
ドーン
（咚咚）
ド
（咚）
追思那些遇害者的靈魂吧

下面傳來太鼓的聲音了…
凡間也很氣派地在搞呢。
(咚咚咚咚)
(咚)
肉體愉悅與性靈愉悅相通。
男人——
為了躋身天上至高的榮耀行列，
必須娶三妻四妾才行。

見世物小屋那邊，您有什麼打算呢？
……
那是我潛伏於人世的虛假姿態。
有些真實面向，只能從世上最卑賤的地方窺見。
哎呀！汪大人竟然搬出真實這種字眼。
呵呵呵呵呵！
對日本人而言，鴉片…
是一種道德問題，但對漢民族而言，是能量的根源。

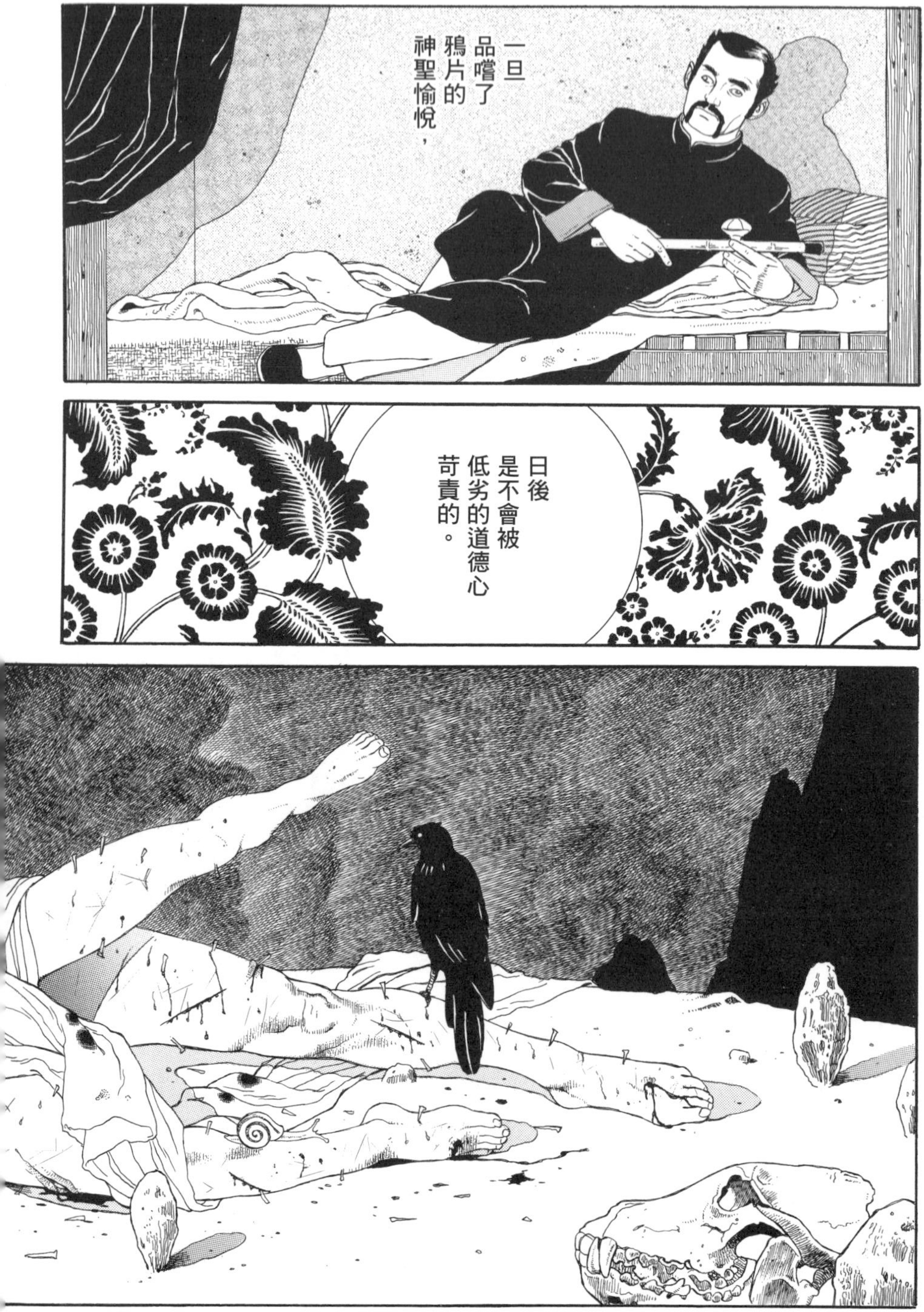
一旦品嚐了鴉片的神聖愉悅，
日後是不會被低劣的道德心苛責的。

參考文獻：《魔窟・大觀園的解剖》原書房

哈哈哈
哈哈哈哈哈
呵呵呵呵呵
我看見了！我看見的神樣貌古怪，栩栩如生，不像鴉片的幻影。
神不肯在眾人面前顯現，是因為以自己的樣貌為恥吧。

是，
——給汪大人
電話室
「名古屋那件事，全都搞定了。」
好的，我知道了。
電話室
我會轉達給汪大人。
（喀洽）
妳不吃嗎？
不行喔，要吃啊。

金姊為什麼不來呢？
好想見稻草人哥哥呀。
忘掉他們吧。
托米諾妹妹已經不是藝人啦。
（噹）
（噹）
（噹—噹）

托米諾又被拋棄了嗎？
這是第幾次了？

第七章　迷惑的面具

カパッ
（喀啪）
すうう
（吸～～～）
燒傷的痕跡不明顯呢……
カラン
（喀啷）
太好了。

ザザザザ
（沙沙）
ザザザ
（沙沙）
你還真乖巧呢。
ギュッ
ギュッ
（嘰嘰）
我原本以為，
你被關在這種地方會大哭大鬧呢。
ギュッ
（嘰）
長了這麼多痘子……
我想要幫助你。

我也沒有父母，
一直和爺爺相依為命。
我爺爺不是日本人，
是越南人喔。
ゴォォ
（轟）
那差不多是十年前了吧？
爺爺難得有客人來訪。
ゴォォォォ
（轟——）

來了一個人高馬大、留著鬍子的可怕人物……
ゴオオオォ
（轟）

小綾，妳去另一邊。
（轟一）
好久不見了呢。
請喝茶。
（嘎吱）
ギッ
呀!!

那個人的嘴巴裂得很開，
而且沒有鼻子！
那張臉不是天生的，
是被製造出來的啊!!

ザザザザ
（沙沙）
那孩子非常乖巧呢。
嘻嘻嘻。
才不是乖巧咧。

是腦袋越來越遲鈍了。
不久後，他就會變成不哭也不笑的小孩。
這麼一來，就跟擺飾沒兩樣了，根本不會逃跑。
(砰)
那樣太可憐了吧!!
別管別人，管管妳自己吧。
把妳的頭髮處理一下!!
(咕嚕)
事到如今還扯那些。
看了就煩!!
哼!

世界上有很多不得了的貨色呢……
汪給我的照片。
嘎
嘎
嘎
嘎
喔…？

嘎～
嘎～
シャアア
（唰）
（啪）
シャアア
（唰）
（啪啪）
嘎
那些烏鴉，
又自殺了。
嘎～

嘎～
嘎～
嘎～
嘎～
嘎～
嘎～
（吸～）
ス～
BOY
＊BOY牌牛奶糖
（沙沙）
ジャリ
哇!?
ス～
ス～
（吸～吸～）

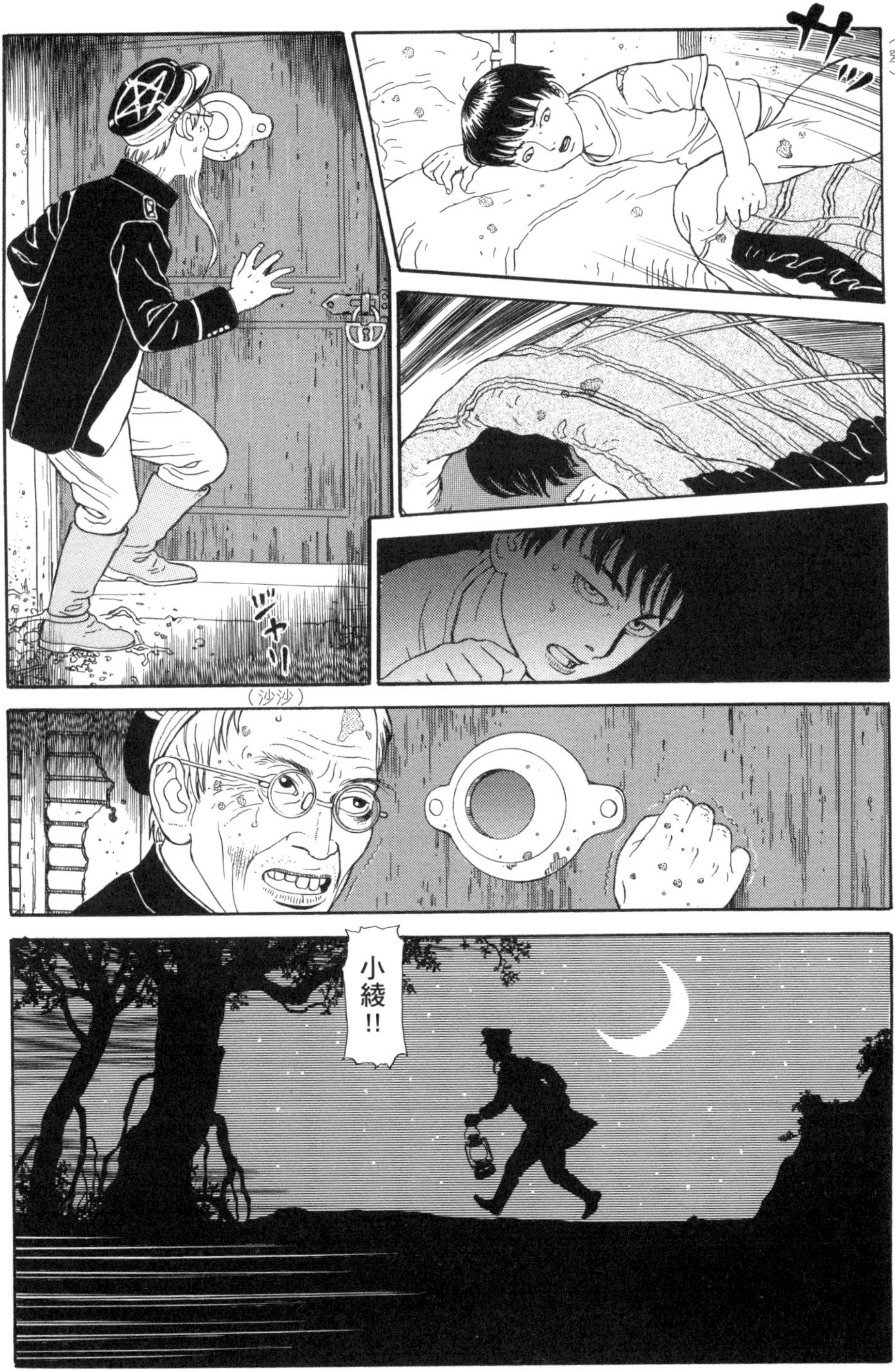
ザッ
（窣）
ジャリ
（沙沙）
小綾!!

妳把拆掉鎧甲的方法說給那小鬼聽了吧!!
ドド
(咚)
小綾!!
混帳!!
ド
(咚)
搞屁啊!!
哼!
(啪)
事情被妳搞砸啦!!

附近的人也隱約察覺到了啊！
他們知道那小屋裡藏著東西。
吵死了!!
那小鬼是商品！
哼！
妳那頭髮是怎樣……
（颯～～～）
托米諾……

化丹……
ギシッ
（嘎吱）

這衣服是？
愛麗絲給我的。
妳長高得很快呢。
又長大了一些。
看來妳也，
混了西洋人的血呀。
這眼睛，
這鼻子……

受尊敬的，會是純血還是混血呢？
妳遲早也會知道的。
ザザ
（沙沙）
ザザ
ザザ
ザザ
托
米
諾…
米
托
米
諾…
米
諾
米
諾
托

(咻——)

要怎麼料理那小鬼呢？
我不要讓他穿鎧甲了。
幫他換張臉吧。
（啪啪啪）

第八章　燈景

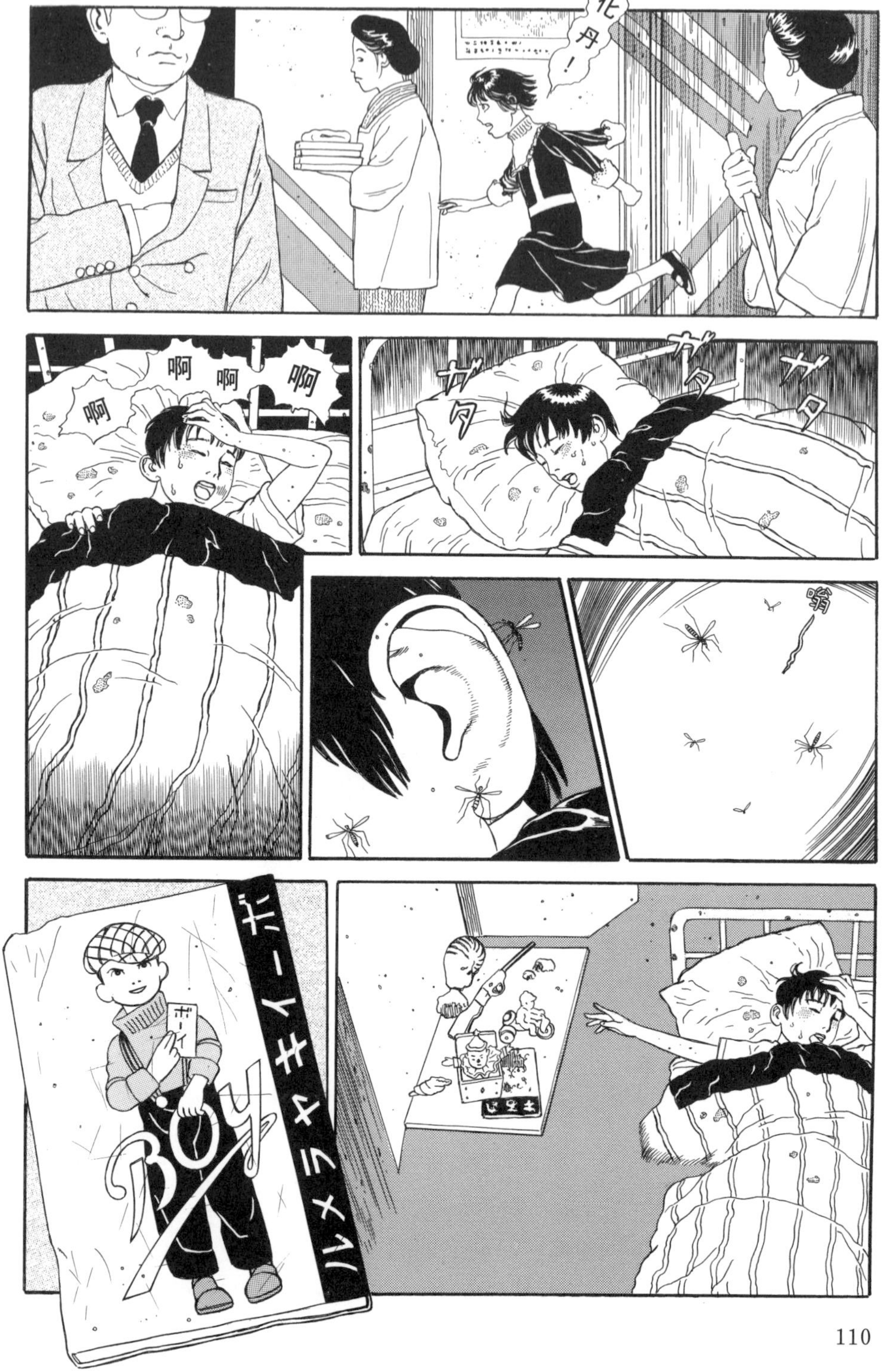
化丹！
ガタ
ガタ
（抖抖抖）
啊
啊
啊
啊
嗡
ボーイ
BOY
ボーイキャラメル

啊啊啊啊啊
(咚沙)
啊啊啊
(咚咚)
(咚)
(喀恰)
(轟——)
開門啊～～～
(咚咚)
開門啊！
(咚咚咚)

化丹！
呀啊
啊
啊
ドスン
（咚沙）

ドタッ
（咚沙）
ピシッ
（劈哩）

怎麼啦？
ピピッ
（劈哩）
（劈哩　劈哩）
ピッ

啊!!
托米諾
托米諾
(隆)

托米諾
托米諾～～
化丹啊!!

托米諾

笨～蛋
笨～蛋
笨～蛋
今天不准妳吃飯!!
笨～蛋
笨～蛋
今天不准妳吃飯!!
ボォォ～
(轟～～)
咿
妳不是我們家的小孩！

笨～蛋
笨～蛋
（滾動）
你們是？
托米諾
托米諾
（滾動）
托米諾
（轟──）

呼
托米諾！
呼
妳要去哪裡？
呼
呼
我不知道。
噗
啊！啊!!
跳
飛吧
ドロドロ
（稠）

飛吧
跳
啊啊啊……
跳！
跳！
(嘰嘰)
我…我沒辦法……！
(啪哩)

啊，稻草人哥!!
小健!
等、等等啊!!

カッ
(喀 喀 喀)
カッ
カッ
カッ
ヤッ
(喀)
(喀 喀 喀)
カッ
カッ
ヤッ
(喀 喀)
(喀 喀)
カッ
カッ
カッ
(喀)
(喀 喀)
(喀 喀)
カッ
カッ
カッ
カッ
カッ
(喀)
(喀 喀)
カッ
カッ

(唰)
化丹!!
啊
啊
啊
啊
(茲)

ボオオオ
（轟）
啊啊啊啊
啊啊
化丹啊!!
カッ
（喀）
カッ
（喀）
カッカッ
（喀喀）
カッ
（喀）

オオ

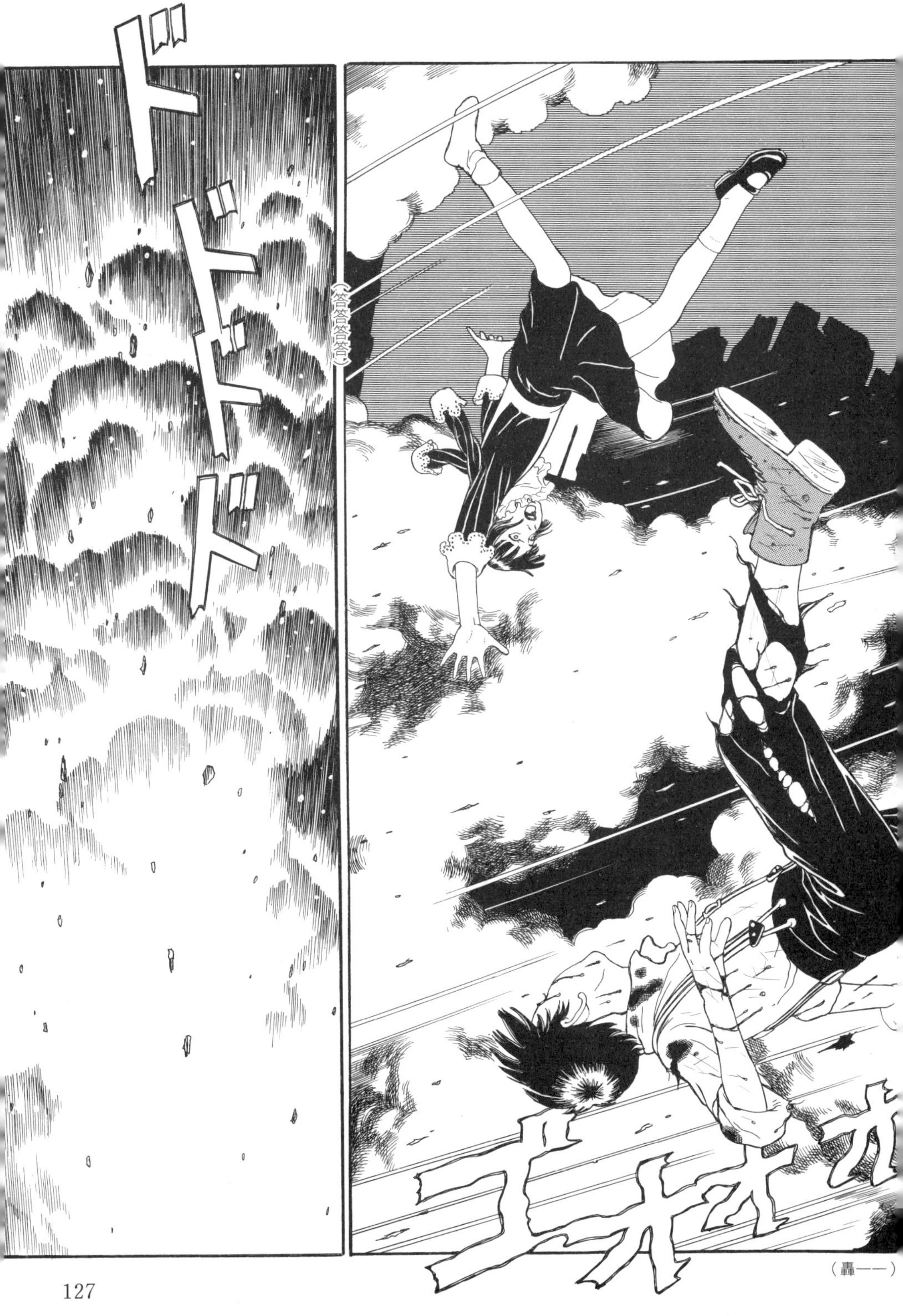
ドドドド
〈答答答答〉
ゴオオオ
（轟——）

(隆隆)
木口小平，
被敵軍的子彈擊中，

但寧死
也不肯…
放下嘴邊的
小號。

ゴゴゴ
（隆隆隆）

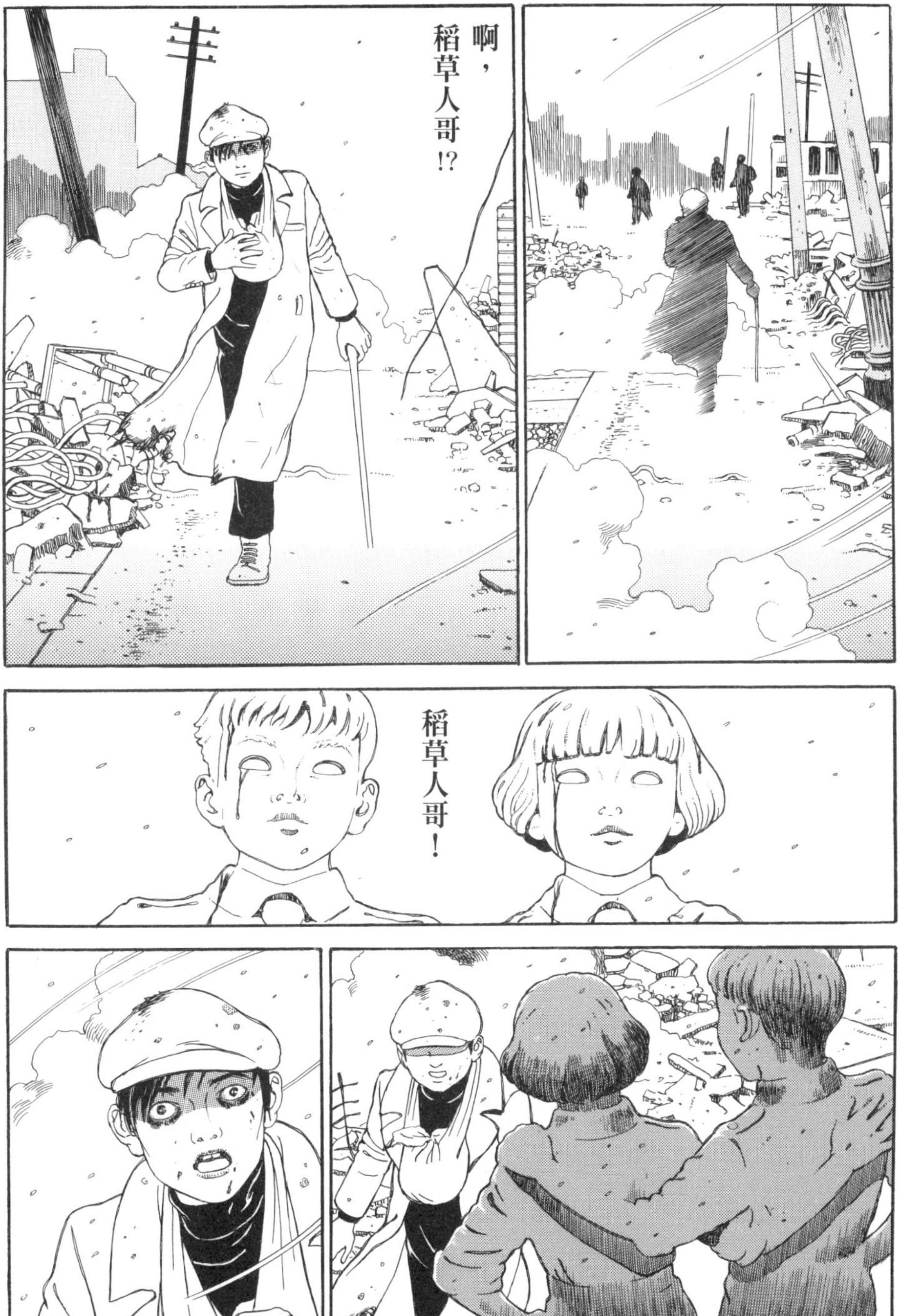
啊，稻草人哥!?
稻草人哥！

你掛在脖子上的東西是什麼？
ゴオォ～～～オ
（轟～～～）
托米諾!!

第九章 叮叮隆

（嘰嘰）
（喀恰）
（轟——）
（砰）
啊!!
逃跑了!?

小綾!!
開門啊!!
（咚咚 咚）
（喀恰）
開門啊~!!
（喀恰）
化丹，快!!
小綾!!
開門啊!!
（咚 咚）

咦!?
養女!?
托米諾妹妹嗎!?
恢復意識了嗎？
還沒喔。
(咚咚)

ドーン ドーン ドーン
（咚咚 咚 咚）
仲見世
洋傘
パタパタ パタ
（啪啦 啪啦）
本日 女角力
本 女角力
哎，真好吃啊。
大姊姊，感謝妳們。
小不點們多吃一點的話，
也能長得跟我們一樣大喔。

是說啊，
不久前來了個奇怪的男人…
他打聽托米諾妹妹和化丹的消息，東問西問的喔。
那八成是偵探呢。
バタバタバタ
（啪啦 啪啦）
咦？偵探!?
ドードン
（咚 咚咚）
ヒュウウウウ
（咻——）
花川堂
永明堂
生々堂
手相

為什麼偵探會……
一定跟他們的身世有關係啦。
這麼說來，那兩個人……
別管別人了，先擔心自己吧。
不能再靠汪吃飯了。
男子面痣吉凶之圖
手相
（啪啦啪啦啪啦）
我要回熊本。
堂

錢？
也不是不能借你們啦，
條件是……
呵呵呵呵
呵呵呵呵
哈哈哈哈
嘩啦

（嘩啦　嘩啦）
バシャ
バシャ
哎呀！變大了。
ギュウ
握
啊。
噗噗噗
呵呵呵呵呵
果然是大人呢。
呵呵呵呵
呵呵呵呵
ゴオーン
ゴオーン
（咚嗡　咚嗡）

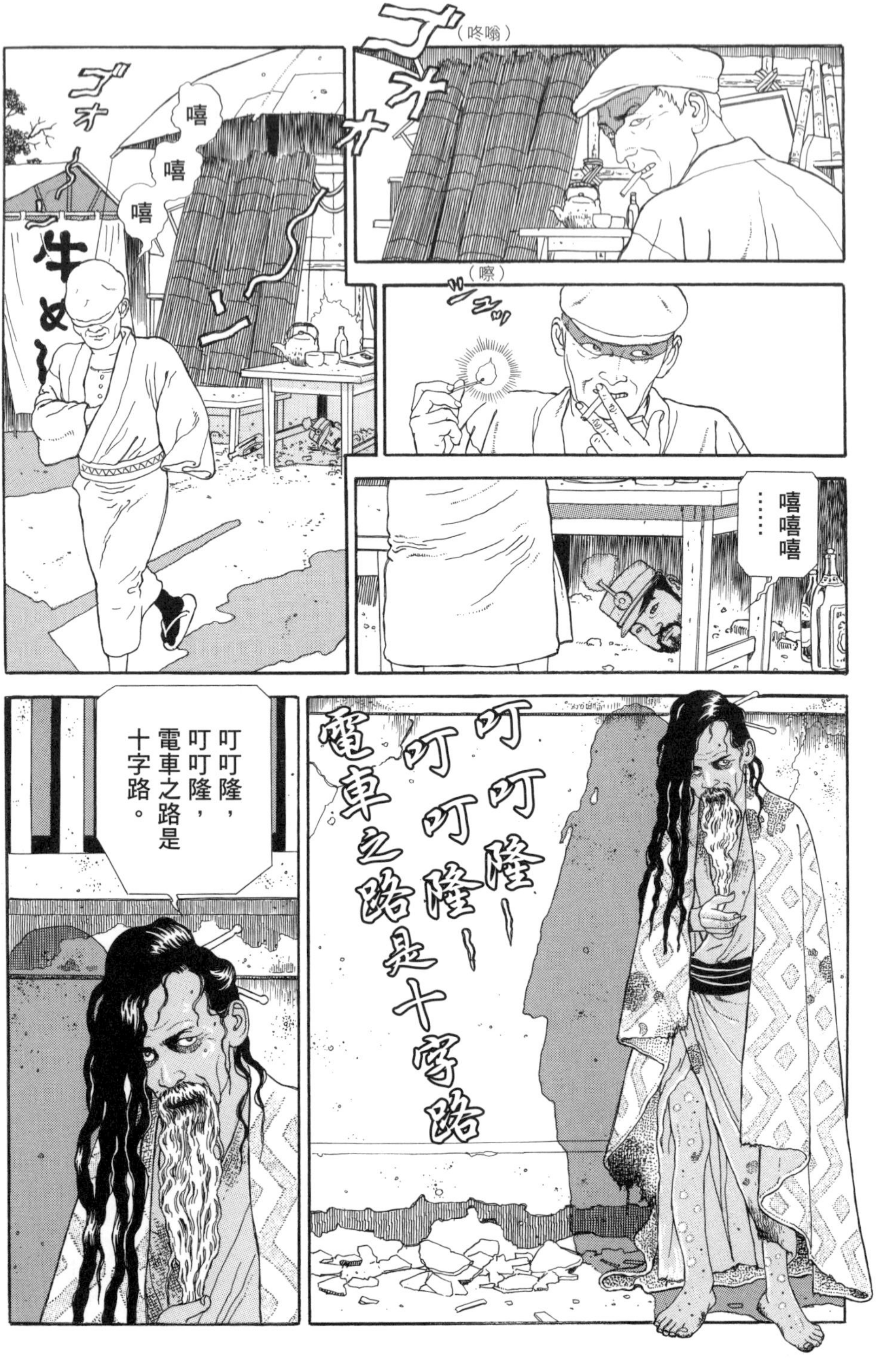

（咚嗡）
（咚嗡）
嘻
嘻
嘻
（嚓）
嘻嘻嘻……
叮叮隆～叮叮隆～電車之路是十字路
叮叮隆，叮叮隆，電車之路是十字路。

※〈純情一座之歌〉 詞 玉川映二 曲 古賀政男

不要追逐逃跑的小鳥。
剩下的人一起歌唱吧。
出現了！淺草黑名單男孩。
出現了！向島鼠男。
請我吃東西吧。
誰要請你啊？
臭死了臭死了
カンカンカンカンカンカンカン
喏，你看，都是因為你太冷血了，才發生火災啊。
カンカンカンカン
說什麼蠢話！
今天的我可是暖烘烘的啊！

（噹噹噹噹噹噹噹噹）

（噹噹噹噹噹）

カンカンカンカン
（噹噹噹噹）
ダダダダ
（噠噠噠噠）
搞不好離小屋很近。
……不會吧……！
小健，快點!!
什麼啦～!!
ゴオオーーオ
（隆～）

（啪嘰）
頭足八綱腕目
（喀沙）
（啪嘰）
（噹噹）
托米諾
這小屋的傢伙們在哪!?
（噹噹噹）

啊
啊啊啊啊……
(隆隆隆隆)
(啪嘰)
足ノ綱ハ腕目

奇型？
原型？
神の子？

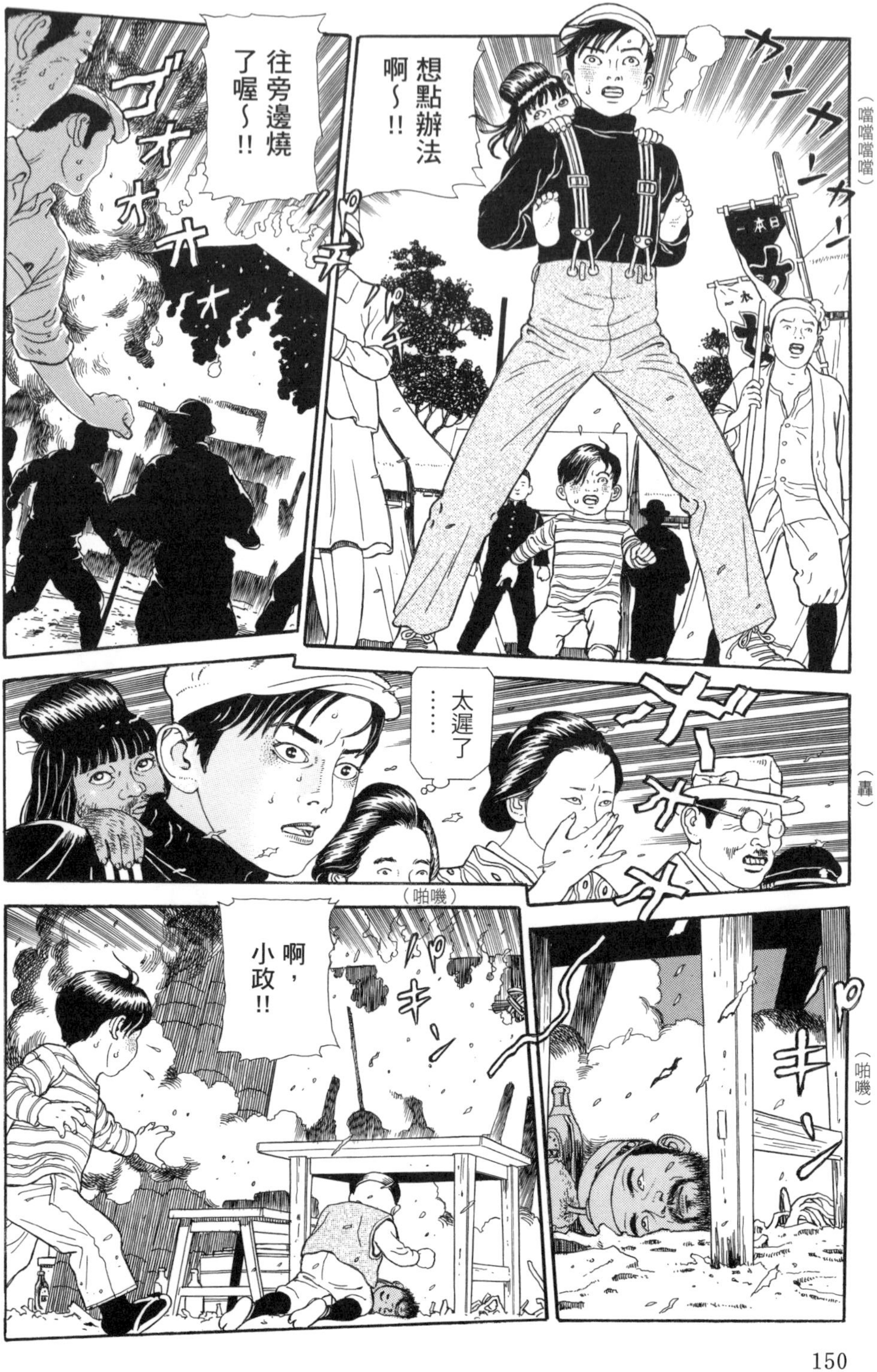
（噹噹噹噹）
想點辦法啊~!!
往旁邊燒了喔~!!
（隆——）
（轟）
太遲了……
（啪嘰）
（啪嘰）
啊，小政!!

好燙～!!
我行李收到一半，突然就燒起來了。
カンカンカン
（噹噹噹）
難道是縱火……
畢竟是汪，
他如果招誰怨恨，被仇家縱火——
カンカンカンカン
（噹噹噹）
也不是什麼奇怪的事。
說得正是……

他竟敢折斷…
比我性命還重要的手指。
汪不知會說什麼呢。
……

汪大人
浅草
小屋火災
己燒個精光
……
入口

全都燒掉了……
不過我——
覺得全都燒掉是件好事！
抱歉，我要走囉。
小政，這給你。
不用什麼餞別禮啦。
再見！
保重啊！
ドーン ドーン ドーン
（咚咚咚咚）

我們要怎麼辦？
稻草人不管做什麼都能填飽肚子呀，
我就不行了。
沒人會把我當一回事。
一起找工作吧。
不可能的啦!!
カッ
カッ
カッ
（喀 喀 喀）
!!
カッ
カッ
カッ
カッ
（喀 喀 喀）

你們是汪那裡的人吧。
我找你們找了很久呢。
不、不會吧!?
要不要在我家工作呢?
唄子小姐!!

托米諾的地獄 2

完

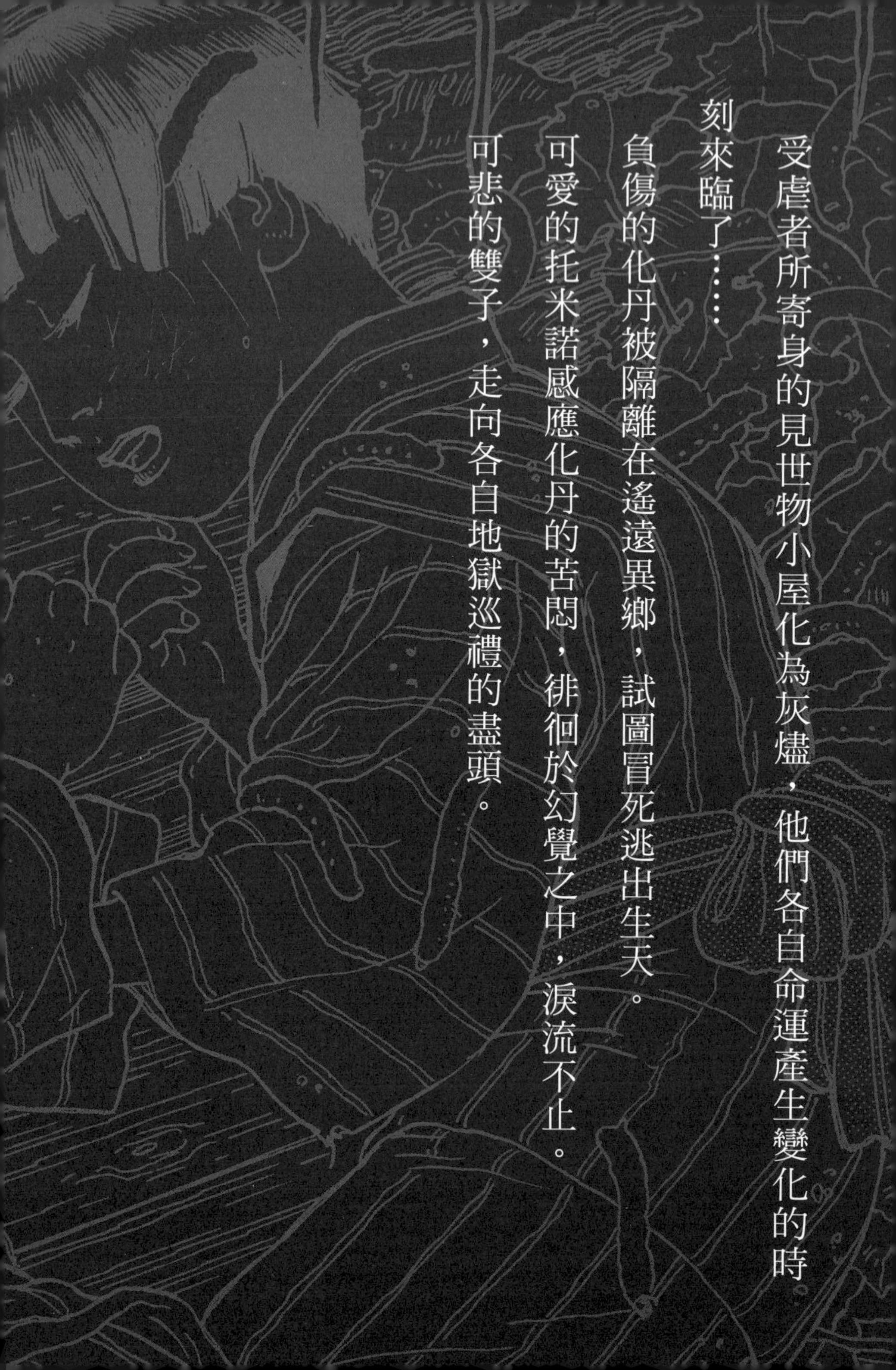

受虐者所寄身的見世物小屋化為灰燼，他們各自命運產生變化的時刻來臨了……

負傷的化丹被隔離在遙遠異鄉，試圖冒死逃出生天。

可愛的托米諾感應化丹的苦悶，徘徊於幻覺之中，淚流不止。

可悲的雙子，走向各自地獄巡禮的盡頭。

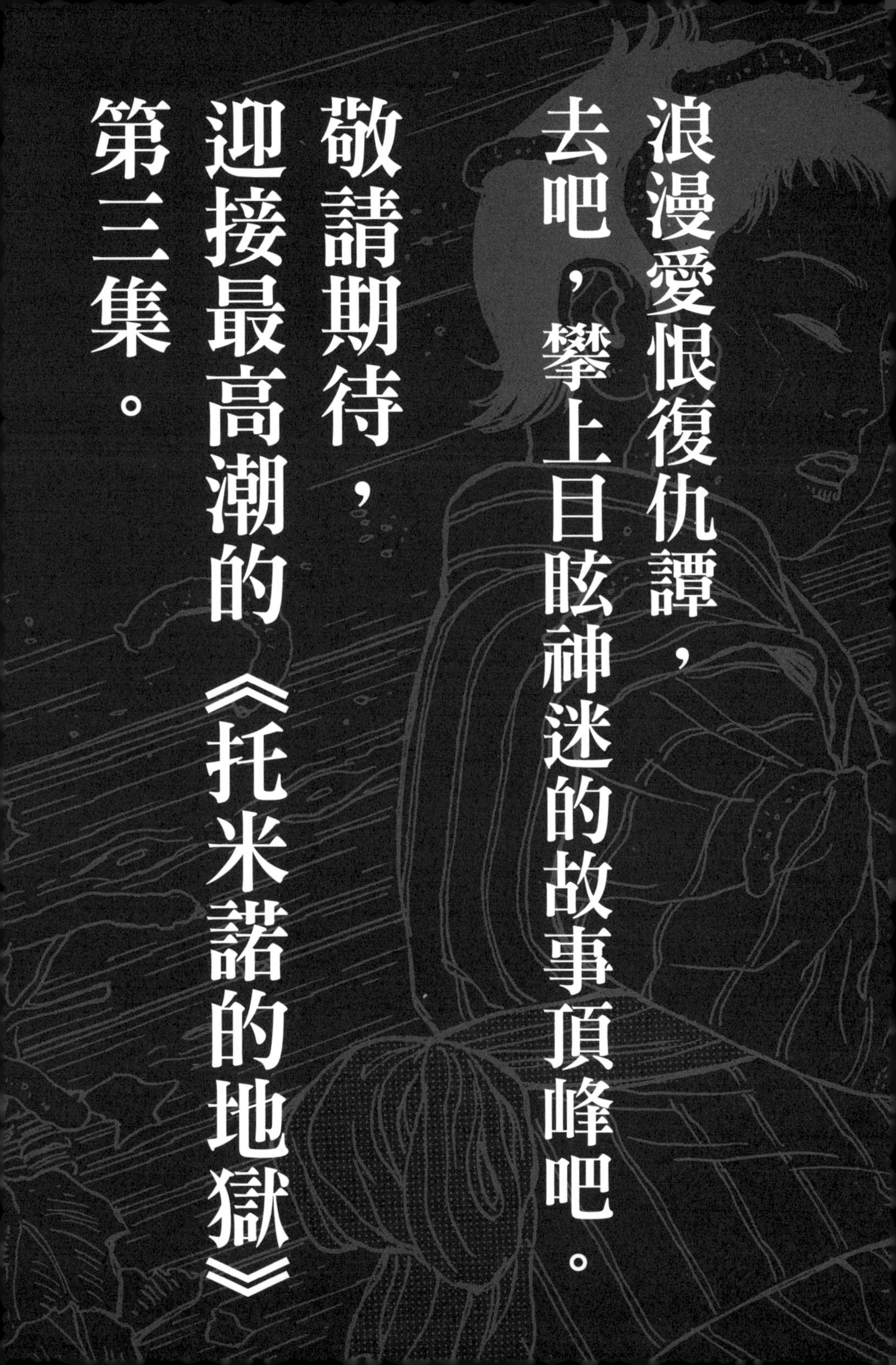
浪漫愛恨復仇譚，
去吧，攀上目眩神迷的故事頂峰吧。
敬請期待，
迎接最高潮的《托米諾的地獄》
第三集。

首度刊載於　月刊《Comic Beam》二〇一五年十一月號～二〇一六年二月號、二〇一六年五月號、六月號

〔丸尾末廣〕特別訪談

（採訪者：兼子篤）

應法國雜誌《KABOOM》之邀，我們找來敬愛丸尾作品的漫畫家兼子篤擔任採訪者，進行了此次令書迷垂涎的訪談。

漫畫家生涯的起點

兼子 我是看了丸尾先生的作品才決定成爲漫畫家的。

丸尾 是這樣嗎？

兼子 我是在 The Stalin 的唱片封面上第一次看到丸尾先生的畫，那是我十幾歲的時候……

丸尾 咦？十幾歲嗎？

兼子 是的（笑）。不過丸尾先生畫那張畫的時候也才二十幾歲吧？

丸尾 …大概是二十七歲左右吧。

兼子 那我應該是在十六、七歲的時候看到的。The Stalin 是第一個將潮濕的情色感……或者說日本獨有的品味放進「龐克」樂風之中的樂團……

丸尾 是呀，我認爲 The Stalin 是日本唯一成功的「龐克團」。

兼子 而丸尾先生的插畫和他們非常搭……記得那是圖膠※吧。

丸尾 那張唱片在美國的評價也很高。

兼子 是因爲評價很高，後來才接到約翰．佐恩的封面案嗎？

丸尾 不，我認識 The Stalin 之後馬上就和約翰成爲了朋友，是他本人直接請我畫的。

兼子 畢竟約翰．佐恩當時住在日本呢。總之，我看了丸尾先生的畫大受震驚。「怎麼會這麼帥！」不論漫畫或插畫，丸尾先生的作品都完全是由本人喜歡的事物構成的，令人感到無比美麗、純粹，或者說自由。

丸尾 漫畫也可以畫這些東西喔——大概會給人這種念頭吧。那時不是在主流世界畫，也不會有任何人抱怨（笑）。那是「先下手就贏了」的時代，當時有色情漫畫雜誌風潮啊。

兼子 三流色情劇畫運動對吧。

丸尾 雜誌賣得很好，數量很多，工作也很多，很容易就能出道（笑）。因此我才能畫想畫的東西啊。「這樣的風格也能過呢。」我懷著這種想法接二連三地畫下去，青林堂就幫我出成書了。多虧單行本發行，我工作的路線又產生了改變。大家常說我是「GARO 的漫畫家」，但我不是呢。青林堂幫我出了單行本，不過我沒在《GARO》上發表作品。

兼子 的確，所謂的 GARO 系和丸尾先生是有所區別的。

丸尾 當時的《GARO》處於拙巧（ヘタウマ）時代，活躍的漫畫家是湯村輝彥等等的。

兼子 我聽說丸尾先生一開始會拿作品到少年漫畫雜誌自薦。

丸尾 去了《少年 JUMP》，雖然完全沒搞頭啦。

兼子 當時的畫風和現在……

丸尾 完全不同。當時的風格，我自己也不知道要如何說明，總之畫和故事都很半調子。其實想這樣畫，但主

※直接在表面印製圖案的黑膠。

流的世界不會接受吧——那時有很多類似這樣的想法，所以不上不下的。沒有確立自己的世界。

窠子　但總覺得，您出版第一本單行本《薔薇色的怪物》時，「丸尾末廣」已經塑造完成了呢。

丸尾　我是在二十五歲的時候才成爲專職漫畫家的，但一般而言不是二十歲左右嗎？因此風格已確立是理所當然的。

「還是想畫故事」

窠子　我想問，丸尾先生的原創性是怎麼形成的呢？

丸尾　我們當時的……該說是八〇年代的主題嗎？是「如何擺脫單一套路」呀。世界上已經有手塚治虫呀、常盤莊的漫畫了，也有劇畫等等的，它們全都產生了套路，而我兩種都不想畫。就在我心想「到底該怎麼畫完全不同的漫畫」時，大友克洋、花輪和一、久內道夫等等跳脫過往框架的漫畫家開始出現了。原來可以這樣畫新的東西啊，我那時心想。

窠子　丸尾先生的線條就像以前的婦女雜誌或少年雜誌插畫那樣美艷，作品同時又有亂步或久作的獵奇感，另外還有尚·惹內、巴代伊、德國表現主義等各種品味，像拼貼一樣湊在一起。這樣的走向是什麼時候完成的呢？

丸尾　什麼時候呢……快二十歲的時候吧。一開始影響我最深的是卓別林呢。

窠子　是喔——！眞意外耶。

丸尾　卓別林的電影在我十七歲左右重新流行起來，很受歡迎。我一天到晚往電影院跑，總之把他的片子全看完了。於是才受到一九三〇年代吸引，開始去了解那個時代的各種插畫畫家。不過我最早看到高畠華宵畫作的時候覺得好噁心呢（笑）。伊藤彥造也是。

窠子　您是在開始畫漫畫前受到那些畫的影響嗎？

丸尾　應該是開始畫漫畫的同時，吧。會受那樣的作品吸引，所以不該往《JUMP》去呢（笑）。

窠子　丸尾先生從中感受到了……情色，這樣措詞應該可以吧。您爲什麼會想用漫畫去表達那種感覺呢？

丸尾　沒有考慮過用漫畫以外的形式去表達呢。當時也是有一點點想當插畫家的念頭，但我還是想畫故事，只畫插畫會覺得少了點什麼。

窠子　我成爲漫畫家後重讀丸尾先生的作品，覺得台詞和畫面的節奏非常棒。您用非常極簡的方式整合簡短的事件，讀起來實在太帥了。直接將毫無多餘之物的故事大力甩到讀者面前，這種畫法和風格是怎麼經營出來的？

丸尾　那是怎麼來的呢……嗯，果然還是因爲色情劇畫雜誌吧。雜誌分給我的頁數總之就是很少，因此呢，要在頁數內整理好故事，就不能採取拖泥帶水的表現。原因就出在這裡吧。不過到了現在，還是無法擺脫那個習慣（笑）。就算畫長篇也還是會想節省頁數。明明畫十頁也行，卻會忍不住想：「那就五頁解決吧。」

兼子　不過丸尾先生就算是在初期的短篇，也會把關鍵畫格畫大呢。故事展開非常緊湊，然後翻頁的瞬間，咚！關鍵畫格跳到你面前。我非常喜歡這樣。

丸尾　節奏很重要呢，閱讀的節奏眞的是很重要。

兼子　另一方面，說到較細節的技巧，您還是會採取典型漫畫的手法呢，例如網狀效果線。

丸尾　那是普通的做法啊。不過最近那樣畫的人變少了，所以可能反而顯得稀奇吧？那可是普通的做法喔。網狀效果線等等的，我都練過。重疊線條時不是直直重疊，要用稍微晃一下的感覺拉線……之類的。

兼子　您是自學的嗎？

丸尾　對。讀《JUMP》啊、《Big Comic》等等的漫畫，會發現大家都那樣畫不是嗎？我就是模仿那樣的線條畫出來的。

兼子　今天我其實帶了自己的原稿，雖然說讓丸尾先生過目，我會很害怕……

丸尾　喔……（看著兼子的原稿）你不用網點嗎？

兼子　完稿會用數位的方式進行。到主線爲止的部分會畫在稿紙上，掃進電腦，之後再數位處理。

丸尾　啊，這樣啊，這並不是「完稿」啊。塗黑也是用電腦？

兼子　是，塗黑用電腦處理非常輕鬆。

丸尾　我想也是。畫具是萬年毛筆？

兼子　除了框線，全是用萬年毛筆畫的。

丸尾　眞了不起，我實在無法像你這樣畫。轉換成數位處理，眞的可以縮短作畫時間嗎？

兼子　我認爲可以。不過我是眞的很討厭貼網點才用數位方式處理的……（笑）

丸尾　很煩對吧，我也覺得很煩啊。歐洲有這種風格的漫畫家吧？用一隻G筆畫所有東西之類的。

兼子　您會用幾種筆尖呢？

丸尾　兩種左右吧。

兼子　說到丸尾先生給人的印象，是圓筆尖呢。

丸尾　是呀，不過同樣是圓筆尖，ZEBRA的和NIKKO的給人的手感就不同呢。比方說，用NIKKO的圓筆尖可以很順暢地徒手拉出斜線，咻咻咻地，不過用其他牌子的就會卡住，變成喀喀喀。因此我用圓筆尖基本上是不使力的，算是專門拿來畫細線吧。

兼子　那畫粗線時呢？

丸尾　畫好幾條細線疊成粗線。

兼子　是高級技巧呢。

丸尾　只是畫慣了吧。只要去畫就畫得出來啦，一定可以。

兼子　不不不，沒有人可以輕鬆畫出丸尾先生的線啊（笑）。

遠藤道郎、大木偶劇團時期

兼子　丸尾先生畫的作品的確是有悖德、頹廢的主題，不過另一方面，又有一種獨特的輕巧，或者說幽默呢。這是您自己的性格反應在作品中嗎？

丸尾　我自己也不清楚呢。也有人反而說我的作品「很沉重」，但我自己一點也不那樣覺得。

兼子　您在漫畫家生涯的初期就會畫無厘頭的故事了，或者說相當純粹的搞笑。

丸尾　我出道的八〇年代經常被人用「陰暗」和「開朗」形容對吧。

兼子　對耶，還有「本性陰沉」這種說法。

丸尾　編輯會對我說：「下一篇畫開朗一點的故事吧。」

兼子　對丸尾先生那樣說嗎（笑）？

丸尾　然後我心想：「開朗就好是吧？」哎，然後就用了橫尾忠則等人的那種調調。

兼子　您果然還是有受到橫尾先生或寺山修司的影響吧？

丸尾　當時橫尾先生真的是個大明星啊。我快二十歲的時候去看了唐十郎啊、天井棧敷的劇。

兼子　真羨慕！您實際去看過天井棧敷的劇啊。我為了上大學來到東京，立刻就去看了會讓丸尾先生登場的東京大木偶劇團（笑）。您和大木偶的飴屋法水先生是在哪裡認識的呢？

丸尾　飴屋是狀況劇場的人，所以是透過那條線認識的。

兼子　我知道丸尾先生會經演出大木偶劇團的劇，不過您也曾擔任過導演嗎？

丸尾　我沒導過戲啊。維基百科上寫說我當過導演，是不實消息（笑）。我只畫了公演海報，然後客串一個小角色而已。

兼子　我沒看過丸尾先生演戲，您是被分配到台詞還不少的角色嗎？

丸尾　是呀，我和第一次演舞台劇的嶋田久作一起登台喔（笑）。因為受到飴屋的請託。

兼子　當時沒打算趁機往演員之路發展嗎？

丸尾　我覺得自己不適合啊（笑）。

兼子　您和遠藤道郎先生的交流也是從那時開始的嗎？

丸尾　對，道郎先生帶給我許多刺激呢。

兼子　你們的世界果然有共通之處嗎？

丸尾　當然有啊。和道郎先生或大木偶劇團往來，讓我學到很多。

兼子　反過來說，我也覺得大木偶劇團是以丸尾先生的漫畫為部分基底。

丸尾　是啊是啊，彼此相互刺激吧。

「以電影為對手」

兼子　您把江戶川亂步或夢野久作的原著小說改編為漫畫，而我其實也在《亂步地獄》這部多段式電影中執導了亂步的〈蟲〉……

丸尾　劇本也是自己寫的嗎？

粂子　是自己寫的。那段期間無法畫漫畫，收入方面非常辛苦。

丸尾　很辛苦吧。只要和電影或戲劇扯上關係，就會變窮……我個人是有這種印象啦。

粂子　的確會（笑）。丸尾先生將亂步或久作改編成漫畫時，是否採取了某種您獨有的視點？有沒有特意去經營？

丸尾　……不如說，「我要忠於原著」的念頭是很強烈的。在以前，改編亂步原作小說的電視劇或電影都會相當大幅度地更動內容，而我想要忠於原著加以圖像化，會把這個念頭放在心上。

粂子　不過我拜讀的《帕諾拉馬島綺譚》，給我非常鮮明的「丸尾先生的造型感」呢。

丸尾　是呀（笑）。不過總的而言，我決定不要「抽象化」，還有，「不要給人戲仿式的胡鬧感」，總之先把小說中的意象具體地、不加扭曲地、認眞地畫出來。這件事是我很有意識在做的。

粂子　原來如此。

丸尾　《帕諾拉馬島綺譚》沒辦法直接拍成電影吧？如果是在好萊塢花幾十億日圓就算了，但以日本電影的規模是無法翻拍的。不過漫畫就辦得到……我選擇它來改編時是有這一層考量的。《芋蟲》也是。那是無法翻拍成電影的主題吧？因爲有這個念頭，我才決定把它改編成漫畫。我經常把電影視爲對手，因此會想要做「電影做不到的事」。

粂子　讀者閱讀小說，各自的腦海中會浮現影像不是嗎？因此我讀了丸尾版《帕諾拉馬島綺譚》或《芋蟲》之後大爲感動——原來丸尾先生腦海中浮現的影像這麼厲害啊。我認爲它們締造了只有漫畫才能締造的成果，是電影或其他表現媒介辦不到的事。

丸尾　總之，我想要直截了當、原封不動地畫。不過呢，比方說性愛場面好了，原作中並沒有具體描寫，但那是當時的時代情況所致，如果寫了也不會怎樣，我認爲亂步是會寫出來的。因此我決定床戲或性器也要直截了當、原封不動地畫出來。不過編輯看了原稿之後苦笑：「丸尾先生，這根本不可能直接刊出來嘛。」於是呢，日本這邊做了修正，不過歐洲版以無修正的形式成書。我之前聽西班牙出版社的人說，他們出版日本色情漫畫時會請西班牙漫畫家把性器的部分補上去。

粂子　您會不會想畫歐美那種全彩漫畫呢？動過念嗎？

丸尾　……嗯，那很花時間呢，雖然法國等等的海外漫畫有很多彩色作品沒錯。

粂子　我和法國出版社的人聊天，結果他們說：「日本漫畫家會遵守截稿日很厲害。」

丸尾　法國漫畫家不會遵守嗎？

粂子　聽說根本沒有嚴格的「截稿日」（笑）。於是我對他們說：「沒有截稿日的話我沒辦法畫漫畫。」

丸尾　是啊，沒截稿日的話就會偷懶。

「做著做著就行了」

兼子　除了原創漫畫之外，您今後還有什麼想改編的題材嗎？

丸尾　……嗯——我現在畫完一部作品，就會陷入接下來不知該畫什麼的狀態呢……

兼子　丸尾先生也會這樣嗎？……聽你這麼一說，我好像鬆了口氣。

丸尾　不過一陣子過後，就會有東西跑出來了。我畫完《芋蟲》後腦袋一片空白，很傷腦筋呢，不過那時突然冒出一個點子：「好想畫夢野久作的《瓶裝地獄》。」

兼子　那個也很棒呢。

丸尾　我也會想把於斯曼的《逆流》或芒迪亞格的《城堡裡的英國人》改編成漫畫，不過現在總之會先集中精神畫原創的長篇作品（本訪談進行時間爲《托米諾的地獄》開始連載的不久前）。

兼子　您一旦開始畫某部作品，就無法畫其他東西嗎？

丸尾　該怎麼說呢？我一個人畫，沒有助手，所以單純有時間上的極限吧。我有一些預留的題材啊，不過會放棄地心想：「應該沒辦法畫吧……」我有個故事以六〇年代爲舞台，從頭到尾都已經想好了……

兼子　丸尾先生畫六〇年代很稀奇呢，好想看。

丸尾　不過我很苦惱：「這個兩百頁左右畫得完嗎？」想到就覺得累，因爲我已經上了年紀啦（笑）。畫漫畫很累人呢。

兼子　我在開始畫長篇之前也總是會想：「眞的辦得到嗎？」

丸尾　是呀，總是會煩惱，會心想：「我行嗎？」不過做著做著就行了啊（笑）。《芋蟲》的時候我也擔心自己畫不出來，但下筆之後就辦到了。

兼子　丸尾先生這番話帶給我很多力量！

丸尾　兼子先生也請加油啊（笑）。

兼子　是！……這什麼收尾方式啊（笑）。

二〇一三年初夏　於淺草 神谷 BAR

兼子篤

漫畫家．插畫家，一九六六年生，山形縣人。主要作品有《BAMBi》、《Deathco》等等。二〇〇五年，爲多段式電影《亂步地獄》首度執導。《Wet Moon》贏得法國 BD 評論家協會獎二〇一四年亞洲部門大獎，《SOIL》獲得法國聖馬洛文學節「幻想文學大獎」漫畫部門大獎。二〇一二、二〇一三、二〇一五年於安古蘭國際漫畫節獲得提名。

作者

丸尾末廣

一九五六年（昭和三十一年）一月二十八日生，長崎縣人。

年少時期熱中於漫畫雜誌《少年 KING》、《少年 MAGAZINE》，立志成爲漫畫家。十五歲前往東京，十七歲投稿至《少年 JUMP》，但理解到自己的風格與少年雜誌不符後，有一段時間停止創作漫畫。二十四歲時以〈繫緞帶的騎士〉出道。二十五歲時出版首部單行本《薔薇色的怪物》。此後，陸續發表許多漫畫、插畫作品，以挑戰禁忌的獨特題材、劇情及表現手法獲得廣大人氣。代表作另有《少女椿》、《犬神博士》等。二〇〇八、〇九年分別出版改編自江戶川亂步原著的《帕諾拉馬島綺譚》及《芋蟲》，並以前者獲得第十三屆手塚治虫文化賞新生賞。二〇一六年眞人版電影《少女椿》上映（TORICO 執導）。除本作外，繁體中文版已出版作品有《芋蟲》、《少女椿》、《發笑吸血鬼》、《帕諾拉馬島綺譚》（皆由臉譜出版發行）。

譯者

黃鴻硯

公館漫畫私倉兼藝廊「Mangasick」副店長。

《漫漶：日本另類漫畫選輯》翻譯與共同編輯者。近年爲商業出版社翻譯丸尾末廣、駕籠眞太郎、松本大洋的漫畫作品，也進行逆柱意味裂、不吉靈二、好想睡、Ace 明等小眾漫畫家的獨立出版計畫，幾乎每天都透過 Mangasick 臉書頁面散布台、日另類視覺藝術相關情報。

PaperFilm 視覺文學 FC2082

托米諾的地獄　2

2023 年 6 月　一版一刷

作　　者　丸尾末廣

譯　　者　黃鴻硯
責任編輯　謝至平
裝幀設計　馮議徹
行銷業務　陳彩玉、林詩玟
排　　版　傅婉琪

發 行 人　凃玉雲
編輯總監　劉麗真
出　　版　臉譜出版
城邦文化事業股份有限公司
台北市民生東路二段 141 號 5 樓
電話：886-2-25007696 傳真：886-2-25001952

發　　行　英屬蓋曼群島商家庭傳媒股份有限公司城邦分公司
台北市中山區民生東路二段 141 號 11 樓
客服專線：02-25007718；25007719
24 小時傳真專線：02-25001990；25001991
服務時間：週一至週五上午 09:30-12:00；下午 13:30-17:00
劃撥帳號：19863813 戶名：書虫股份有限公司
讀者服務信箱：service@readingclub.com.tw
城邦網址：http://www.cite.com.tw
香港發行所　城邦(香港)出版集團有限公司
香港灣仔駱克道 193 號東超商業中心 1 樓
電話：852-25086231　傳真：852-25789337
馬新發行所　城邦(新、馬)出版集團
Cite (M) Sdn. Bhd. (458372U)
41, Jalan Radin Anum, Bandar Baru Seri Petaling,
57000 Kuala Lumpur, Malaysia.
電話：+6 (03) 90563833　傳真：+6 (03) 90576622
電子信箱：services@cite.my

ISBN 978-626-315-295-3 (紙本書)
ISBN 978-626-315-302-8 (EPUB)

售價：250 元
(本書如有缺頁、破損、倒裝，請寄回更換)

臉譜 PaperFilm 視覺文學書系 丸尾末廣 作品

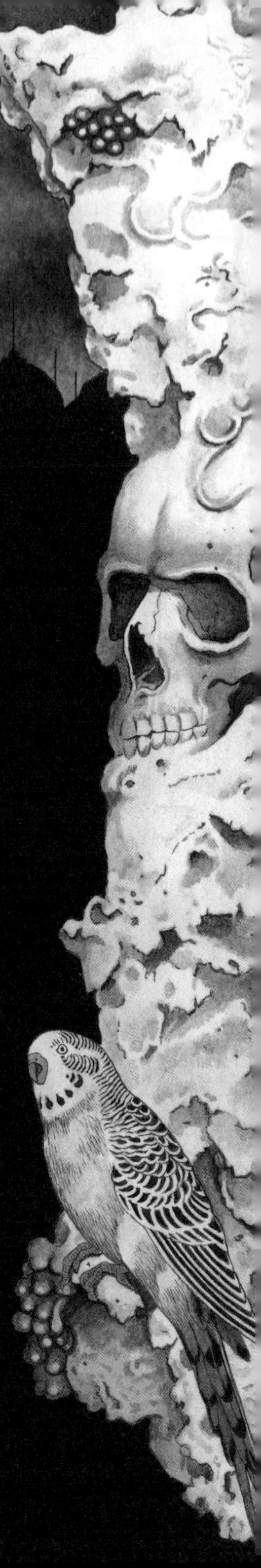

少女椿

「我們如此不堪入目，請見諒。」
奇慘地獄裡的純情畸戀，一部異色絕倫的「薄幸系」少女成長物語。
曾改編爲動畫化及眞人電影，丸尾末廣生涯代表作。

芋蟲

原作 江戸川亂步

極度赤裸的人性矛盾，一場愛、慾、恨交織的殘酷人間悲劇——當摯愛回到了身邊，卻不再是「人」，這是上天賜予的奇蹟，還是要將妳拖進地獄的噩夢？
以極致妖美之繪，重現日本文學史上最震懾人心的反戰禁忌經典。

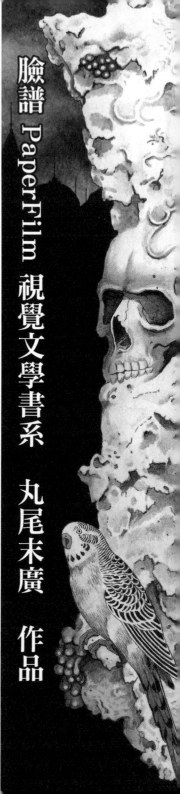

發笑吸血鬼

「大地不接納我這具身體，就是我身爲吸血鬼的證據！」

一部畫給被污辱與被損害之人的鎮魂歌。

成功揉合情色、暴力、懸疑與奇幻元素，奠定後期畫風與敘事結構之作。

帕諾拉馬島綺譚

原作 江戶川亂步

「浮世如夢，夜夢才眞實。」

繼《芋蟲》後，丸尾末廣又一亂步改編傑作，以極致耽美之繪，具象化亂步筆下極樂荒淫世界，重現日本文學史上極具爭議之作。